LE DERNIER HAVRE   Montréal, L'Actuelle, 1971
LA PASSE AU CRACHIN   Montréal, René Ferron éditeur, 1972
LE HAUT-PAYS   Montréal, René Ferron éditeur, 1973
AGOAK   Montréal, Éditions Internationales Alain Stanké, 1975

Contes et nouvelles :

CONTES POUR UN HOMME   Montréal, Éditions de l'Arbre, 1944
     SEUL

     Montréal, Éditions Hurtubise HMH, 1965
LE VENDEUR D'ÉTOILES   Montréal, Fides, 1961
LA ROSE DE PIERRE   Montréal, Éditions du Jour, 1964
OEUVRE DE CHAIR   Montréal, Éditions Internationales Alain Stanké, 1976
     New York, Gage Publishing, 1976

Essais :

SÉJOUR' À MOSCOU   Montréal, Fides, 1961
SI LA BOMBE M'ÉTAIT CONTÉE   Montréal, Éditions du Jour, 1962

Théâtre :

LE SAMARITAIN   pièce radiophonique créée en 1952, pu-
(Premier prix du concours dramati-   bliée par Les Écrits du Canada
     que de la Société Radio-Canada,   français, vol. 4, 1958
     1952)
LE MARCHEUR   pièce en trois actes créée en 1950,
     publiée par les Éditions Leméac,
     1966
FRÉDANGE, LES TERRES   Montréal, Leméac, 1970
     NEUVES

À paraître :

LES DÉBOUQUEMENTS, roman
LA BONNE CHAIR, essai

moi, pierre huneau

Le Conseil des Arts du Canada
a accordé une subvention
pour la publication de cet ouvrage

Maquette de la couverture:
Pierre Fleury

Illustrations:
Louisa Nicol

Éditions Hurtubise HMH, Ltée
380 ouest, rue Craig
Montréal, Québec
H2Y 1J9
Canada

ISBN 0-7758-0072-4

Dépôt légal/4e trimestre 1976
Bibliothèque Nationale du Québec

© Copyright 1976
Éditions Hurtubise HMH, Ltée

yves thériault
moi, pierre huneau
narration

illustrations de
louisa nicol

l'arbre hmh

Prologue

J'ai mis un mois, j'penserais, après que Geneviève ma femme fut défunte, à vornusser de maison en maison, du plain jusqu'au village et à l'entrepôt de poisson, morose et écrianché du cœur et de l'âme. J'ai parfilé ma vie tout ce temps-là, de l'enfance au temps d'homme, du temps d'homme à mon esseulement d'aujourd'hui. Même pour le p'tit âge, j'ai trouvé plus de fils noirs que de fils roses. On a été pauvres, on a été gelés, on a été harassés; j'ai dû rire et jouer, enfant, mais j'arrive pas à m'en souvenir drette comme j'voudrais.

J'avais gardé une navée de poisson en pourrissement pour la fumaison de mon morceau de terre, j'l'ai donnée au voisin Léon Joly, et pis, à la première commodité, j'ai saisi le gouvernail de la barque, lâché l'amarre et j'ai mis cap sus le pays d'aut'bord, à travers le golfe, en me fiant sus les on-dit et les contes des revenants de par là; des accrères peut-être, mais j'avais besoin de ma légende à moi.

Donc, j'sus parti comme les Canadiens de tout bord, tout côté, ont fait si souvent avant mil neuf cent. J'ai bravé le descendant de l'eau, le malempoint du vent, la breume et le jusant colletailleur, quand il se renforcit d'étroitesse dans le fleuve et sort en maître là eyousque le golfe embouque dans le Saint-Laurent.

Comme voussure de ciel, j'ai pas eu beau temps, bon soleil. C'était le montant de l'automne, on frappait novembre et un dernier quartier de lune: c'était pas de la journée portée à la douceur. Vire sus boutte tant que tu voudras, quand la voile est verguée par un savant, on arrive à se fendre un chemin d'eau: j'me prétendais connaissant, j'ai finalement vu terre et pris des bons nords. J'm'ai retrouvé larguant le top d'Anticosti à babord, c'était clair dans les étoiles qui paraissaient le soir, clair à me diriger les yeux fermés. Dans le jour, vu que l'air avait de la vaillance malgré le vent, j'pouvais voir les caps.

La journée suivante, j'ai vu du jaune et du moutonnement à l'étrave. Être de la mer fait reconnaître les plages, les récifs et du ressac. Il a pas fallu que j'm'improvise grand clerc pour savoir mes amers proches: c'était la basse Côte-Nord, ma place nouvelle, mon destin.

À porter babord, porter tribord, à slaquer la seconde qu'il fallait, bander une drosse au bon instant, user du rentrant dans les ressacs, j'ai fini par m'échouer de l'aut' côté de la barre. C'était pas risqué, à marée basse. À la levée, on se retrouve flottant à la crête, et pis, si on a mal erré, on peut repartir, serrer la côte, se trouver des meilleures eaux.

J'm'étais dit ça, quand la quille a râclé et que j'm'ai retrouvé à pied quésiment sec en enjambant le bordage, mais ça fait trente ans, et j'ai jamais repris une marée. La barque a pourri sus le plain, elle a jamais pu revivre, tandis que moi, ç'a pas été pareil.

Bonjour la mer, adieu la mer, salut poissons ! fleurisse le vent, hargne tant que tu voudras, la vague, va te chercher des océans, belle eau ! et laisse-moi dormir sour les sapinages. J'ai quand même mérité ma câlice de paix.

1

J'sus pas venu vifement jusqu'en fin boutte de Gaspésie, pis ensuite à la basse Côte-Nord. Ça s'est fait à partir
de deux aut' vies, comme on pourrait dire. Naître à une
place, grandir, et pis se faire homme comme on peut, un
peu partout, à bûcher le bois, défricher à gages, colletailler des barriques ou des poches de son dans les villes, aider aux fermiers sus leur terre, fricasser le plus souvent,
quand on est nanti d'un bon gagne dans les goussets.

Pour naître, ça été dans les amonts du fleuve. Haut
dans les amonts, les places de grandes terres plates,
comme Verchères, Boucherville. Des places d'îles aussi.
Nous aut', on vivait sus une grande île qui est en face de
Boucherville. J'vous parle de longtemps derriére, de loin
aussi. On était plus loin que tout le monde, dans not'
place. C'est à peine si on venait à terre pour la messe, et
pas tous les dimanches, s'en faut! Ma mére sanglotait
souvent, en pensant au Bon Yeu qu'elle voyait pas

comme elle arait voulu. Elle disait qu'on arait dû être en terre ferme, plus près de la messe et plus rarement pécheurs. Loin du Démon, comme elle ajoutait toujours. On s'aroutait mal, qu'elle disait aussi. On s'accoutumait à offenser le Bon Yeu tous les dimanches.

Ces fois-là, elle se prenait la tête à deux mains ou se mouchait les larmes :

— J'donnerais volontiers, qu'elle jurait, tous mes afficots pour assister à la messe le dimanche, comme c'est demandé aux vrais chréquiens.

Elle avait pas suivi mon pére sus l'île sans des dures attelées de conscience. Comme elle racontait, elle était jeune, elle était sûre que mon pére lèverait facilement godille le dimanche venu, ou craindrait pas la glace d'hiver. J'l'entends encore dire :

— C'est à peine un canal ! Un pertuis ! Une goélette risquerait de s'y empanner. Ça se traverse pas en petit traîneau ?

On venait pas plus souvent chez le marchand. Quand on venait, c'était encore le dimanche, pour faire les deux à la fois, la messe et les achats. Quatre, cinq fois par année, pas plus. Quand on traversait, on faisait pas tache de graisse non plus. Pour mon pére, laisser les arriéres en plan, c'était de mauvais conseil. Ma foé d'honneur, j'pense qu'il se sentait pas à l'aise sus la grande terre. Il m'avait déjà dit, une fois quand j'avais proche quinze ans :

— J'aime ça, l'île. C'est de ben se sentir. On voit le boutte du pays, on se crérait comme dans un royaume à soi. Les apercevances qu'on a, c'est comme une frontiére, eyousque tu regardes.

J'arrivais à comprendre comment mon pére se sentait.

14

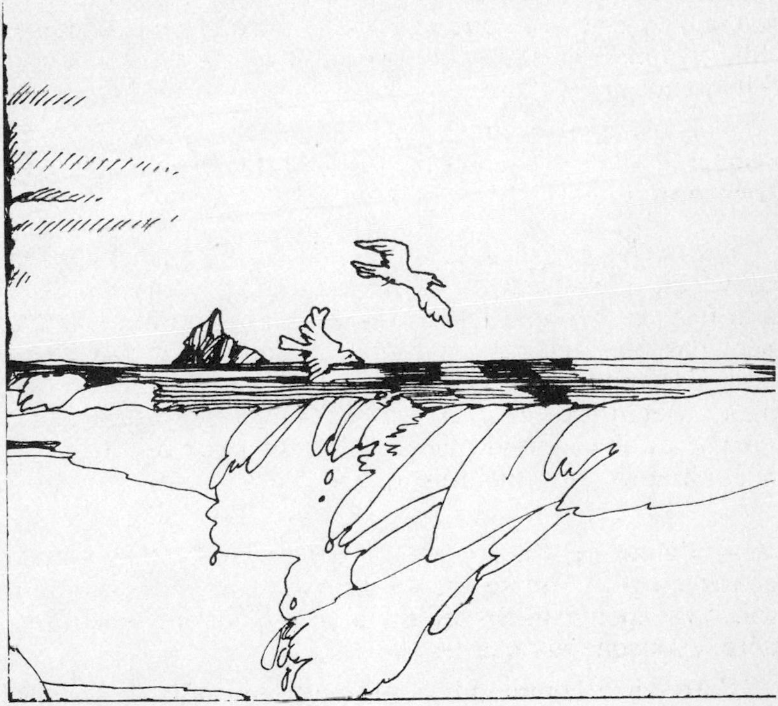

Mais moi, j'trouvais que l'eau tout autour, même si on avait grand de terre à cultiver, c'était plus une muraille qu'une simple limite. T'as beau partir en maraude, tu vas pas loin que le pied sec finit là.

Au fond, j'avais pas à m'en faire. On était six garçons, j'étais dans les plus jeunes. Mon pére en a établi deusse, comme de coutume, et les aut' ont pris leur bord. D'aucuns sont restés dans les parages. Ils ont du bien à Verchères, ou à Boucherville. Dans les terres du seigneur, aux deux places. Les filles sont mariées par là, sauf une qui est restée à la maison pour avoir soin des vieux parents, et une autre chez les Sœurs, à Trois-Riviéres.

Moi, j'ai finalement pris l'aval. Mais pas d'une virée. J'y viens: on dirait que ça excite les ratours d'un gars, savoir que le fleuve est en descendant. J'me sentais en délâbre tant que j'étais là, dans les terres plates. Les gens me parlaient d'en bas, du ben beau pays, crêteux, montagneux, avec de la belle eau de lac dans les creux, pis la moindre montagne sommée d'épinettes, de grands pins, de cèdres. Il me semblait que c'était là la vie, et j'persistais à me dire:

— Vas-tu dégrouler ce maudit fleuve-là un beau jour, aller voir ailleurs?

Seulement, rien de ça peut se faire avec un seul écu en poche et niqse pour le lendemain. J'avais credo de voir le fond des bouteilles, savez-vous?

J'avais aussi sûrement défaut de jarnigoine, jeune de même. Le vouloir mou, les promesses faciles, mais l'exécution retardée. J'en parle pas en me plaignant, en limant comme sus l'épaule de ma mère. J'le dis pour me faire comprendre. À chacun ses vérités: c'était la mienne.

J'avais du faible aussi pour les servantes d'auberge.

On avait du rassasiement de la soif à portée de marche, n'importe eyousque dans mes parages. Dans les bonnes auberges, les meilleures, selon le goût des jeunesses, les servantes disaient pas non à tout coup. «C'est pas de refus» leur venait plus dru que le *Notre Pére*. J'leur en ai fait regarder des plafonds à ces p'tites gornailles-là. Du mien, moi, Pierre Huneau, j'leur en ai donné à la gouaiche. À un pour un d'accrochement, j'arais eu de la marmaille à peupler une ville. Des dimanches, j'marchais en chanbranlant, et mon espoir de messe, c'était plus l'*Ite missa est* que l'Épître.

C'est par hasard que j'ai été embauché, un jour que j'avais trop gobelotté pour savoir résister, sus une goélette, au quai de Sorel, et que j'sus finalement descendu la Grande Route d'eau, et que j'ai connu la mer, les navires et la Gaspésie.

J'raconte: faut avoir vu ça, le fleuve, l'horizon montueux, surtout rive nord, et la couleur de l'eau! J'avais pensé l'eau large, à Sorel, mais maintenant j'avais vu l'aval, le vrai grand fleuve et c'était de quoi pâmer, perdre souffle, en avoir un frisson. Partir d'eyousque j'partais, apercevoir des montagnes, de la forêt comme de la peluche à meubles, une couleur de ciel qui s'dit pas à moins de savoir des mots rares ... Creyez-moi pas, ça m'est égal, mais j'sermenterais ce que j'dis: à cause d'un pareil firmament, et pis la ·mer et le bruit de l'eau comme froissée on dirait par la coque du bateau, et cent mille aut' choses que le souffle me manque pour vous narrer. J'ai pas vrillé une seule fille d'auberge de tout le voyage. J'sus même pas allé dans les auberges! C'est vous dire comme c'était beau.

J'ai pas retourné souvent vers les hauts du fleuve. J'voyageais safrement, j'manquais ni descendant, ni remontant. J'arais voulu pouvoir naviguer sus trois bateaux à la fois. Aux amers, j'lâchais pas le navire de l'œil. Fallait que j'me rassure qu'il reste là, prêt à me reprendre. À bord, j'arais pas chienné pour un plein sac d'écus. J'me raisonnais sans besoin, mon avenir était faite.

J'avais vingt ans, j'pouvais pas semer ma folle avoine trop longtemps. J'avais en belle de me nicher une bonne fois. Pas avoir de métier nuisait. Mais j'étais pas en aise de me présenter à des études, juste les quat'règles simples de calcul et assez de catéchisse pour la communion en bagage de tête, ça approprie pas pour le grand collége.

Ce que j'avais trouvé, ma découverte de la mer, des bateaux, de la Gaspésie, valait toutes les études. J'en demandais guère plus. Que j'aie de l'arse pour me faire valoir, une bonne main à l'ouvrage, et le vouloir d'embarquer et de tâcher à tous les désenverguements, ça plaisait au patron du bateau, et ça me tenait à bord, à portée des avals du fleuve, là eyousque j'voulais être.

J'ai appris le métier de la voile: c'est un métier. J'ai pas abîmé le patron de ma vaillance. J'l'ai laissé découvrir mon acharnement quant à lui. Y a pas fallu un siècle pour qu'il me traite en homme. À sa petite vogue à lui, et j'en attendis le bon vouloir. Mais un jour, il a su me dire:

— Tu feras un bon gabier, Pierre, si jamais je commande un trois-mâts.

J'en ai fait mon babeurre, et j'ai point haussé le menton. C'était pas le moment de m'installer sus un juc et mépriser la cantonade.

J'avais cœur de mériter le compliment. J'avais cœur aussi d'être un jour ancré dans le pays, de m'y planter racines.

La premiére racine prend sève grâce à une femme;

c'est une avancée de destin, tout le monde le sait. J'avais cessé les bordées, et j'voyais les maisons que de loin. Va-t-on, navigateur sincère et errant d'eau comme j'l'étais, tout à coup héler la belle au passage, risquer la rincée par les siens, et se voir verrouiller les portes au nez? Comment donc inventer l'enracinement?

À cœur appelant, voix répond. Ma grand-mére disait: «à cœur pur». Le mien était ce qu'il était, mais à mes trois *Ave* de chaque soir, j'nettoyais toujours un peu plus grand, si ben que j'ai pu, un jour, sous-entendre, ben honnête, qu'y avait blancheur d'âme, si la peau était, elle, bistrée depuis tout ce vent, ce sel, cette mer.

Comme y arrive toujours, ce fut de hasard que j'connus Geneviève. J'ai pas eu à chercher, ni à secouer les branches, et encore moins à prendre un autre rin de vent. Ça s'est fait en soir plat, ben amarré au quai de Mont-Louis, un peu avant l'estompe du soleil. Il faisait encore rose dans le gaillard d'avant, où j'mangeais dans mon écuelle, seul à bord. Vinrent des pas, j'entendis des voix, un rire de femme; par la porte ouverte, j'aperçus pour la premiére fois Geneviève et j'faillis m'engouer.

C'était pas qu'elle était plus belle que d'aut', ou qu'elle souriait autrement: c'était qu'elle était la mienne.

2

On s'a pas arrimés en bon ménage du coup, moi et Geneviève. J'la savais mienne, j'avais ça en acquis. Moi, Pierre Huneau, j'avais coché ma premiére racine, je l'avais marquée pour la reconnaître à jamais, mais j'ai pas tapé là comme si mon Paradis était gagné à jamais le perdre. Naviguer ralentit les fougues. On s'accoutume à la longueur du temps, à l'endurance des choses. Voyant Geneviève, j'me savais dans le bon chapitre du portulan. Mais j'savais aussi que personne va amarrer à un quai sans savoir si y'a du fond, des bittes solides, et de la bonne eau radée, surtout si le temps dehors est gros.

Le peu que j'ai pu savoir de Geneviève ce soir-là tient dans deux respirs. Des bonjour-bonsoir, de la constatation de ciel clair et de lune qui se lève; à vrai dire, peu. Et ça valait guère pour entreprendre la vie.

Elle et son frére venaient pour le patron, de la marchandise à mettre en cale ou à en retirer; j'étais trop démanché d'âme, j'me sentais dénué et j'regardais plus que j'écoutais. Mais, à son départ, une fois descendue la passerelle et quand elle s'en allait sus le quai vers le village, j'savais qu'elle s'appelait Geneviève Babin, qu'elle était de Gros-Morne, une place un peu plus loin, et qu'elle était venue avec son frére. Pour un étrange dans les parages, un premier-venant connaissant mieux le chenal à bateaux que la rive et son monde, c'était de la grande science, après tout.

Rien de tout ça a pris du temps. L'homme, (Clermont Babin qu'il avait dit se nommer) avait été bref. Il voulait parler au patron, le Capitaine, mais il était pas là.

— Il serait à l'hôtel, que j'ai indiqué. Il rencontre ses gens là. Il fait sa charge ou il la défait, c'est selon. Hors ceux qui viennent en ligne drette au quai pour une chose ou l'autre, c'est là qu'il est vu et parlé.

— Vous êtes en second? avait demandé Babin.

— Oh! non, écuyer, j'sus tout juste matelot. J'ai plus souvent pied en vergue que sus le pont.

— Il est sûrement à l'hôtel?

— C'est comme ça devrait, mais j'l'ai jamais suivi.

— En cas d'être ailleurs et que je ne le touche pas, dites-lui qu'il a des ballots en cale pour ma sœur, ici, qui se nomme Geneviève Babin. Nous habitons Gros-Morne, et il serait ben honnête de nous faire dire s'il a mis l'envoi à not' main.

— Ce sera transmis mot à mot.

Entre chaque souffle, quésiment, j'avais porté l'œil sus la fille. Rien diminuait, c'était une marée montante! C'était plus de m'égouer en parlant, c'était de périr d'aise. Et j'pense que la fille aussi sentait la chaîne se resserrer. Elle avait le rouge jusqu'au front, et elle tremblait: on va pas nier des ajets de beau temps d'amour en se prédisant coûte que coûte de la tempête de noroît. Elle et moi, elle comme moi: jamais mon baromètre avait grimpé comme ce soir-là. À lui voir le regard, ça s'disait tout autant pour elle.

En les regardant monter dans la voiture fine, à p'tit cheval de dimanche, qui les avait menés jusqu'à Mont-Louis, sacredieu si les yeux m'ont pas sauté des orbites, et le cœur qui me faisait des gigues écossaises à arc-bouter les côtes!

Dire comme ça, rend mal, j'sais. On narre pas le creux et le vital. On voudrait pouvoir décrocher des guirlandes de mots lumineux comme des étoiles, les étaler pour qu'on voie l'image trait par trait et trouver d'aut' mots encore pour un renduit par-dessus tout, que ça se sache à tout vent la merveille d'un soir semblable.

J'parle du cœur en danse? Pensez donc que j'arais pu mourir de joie quand la fille, avant de monter dans la voiture, m'a fait un bonjour en agitant la bougette en cretonne qu'elle tenait à la main. Du coup, l'air m'a manqué. Debout au bordage et déjà pris d'amour à demeure, la voir faire pareil signe, le sang m'a tourné dans les veines. Elle avait donc, elle aussi, vrai comme acte de notaire, senti la marée?

J'peux vous raconter le large et l'étroit de toute c'te nuit-là, et la parure de la mer qu'on voyait étale venue l'aube, j'ai pas dormi. Frettement, l'œil grand comme une fenêtre d'évêché, la peau tendue sus les os, les entrailles lacées, pris comme j'avais jamais été pris. Pas de mauvais gestes, pourtant, rien dont j'allais me confesser, c'était ça l'étonnement. Penser à une fille, auparavant, être en mer, en besoin et loin du profit, les chances étaient que ça demande trop pour mes vouloirs. Ho donc!

le soulagement, en tout cas. Mais rapport à Geneviève, seulement de la belle pensée douce et le besoin de sourire, de chanter et d'écouter de la musique. Appuyé au bordage, regardant la place sus le quai eyousque elle avait posé les pieds, ou quand j'sus allé voir la mer, pensant l'oublier un peu et trouver du sommeil, j'ai pas ressenti les mêmes choses que toujours. Seulement du beau, du tendre, une embellie continuelle pour ma vie. Ou, comme j'l'avais déjà pensé, et souvent, des racines.

Pas question de retourner à mes anciennes façons. En apprenant que j'étais désormais matelot, ma mére m'avait ben dit que c'était risqué de me perdre en bordées d'un port à l'aut', et qu'un gouin finit par trouver sa gouine et s'en contenter. Peut-être à cause de ce qu'elle me disait, mais aussi parce que j'découvrais le monde, mon monde, le beau descendant, Gaspé, son finistère, ses berges, et maintenant, ses habitants, à cause de tout ça, j'avais mené bonne vie et j'sentais que ça me valait du bien.

Avais-je jamais pu espérer une Geneviève en prix d'honneur pour mes abstentions ? Moi dont la dot morale avait longtemps risqué souffrir de faiblage, si j'm'étais privé, c'était pour autant mériter ?

Ah ! Geneviève, Geneviève, Geneviève !

Si ben que, passé l'aube et redevenu parlant, j'ai transmis le message, et le patron nous mit deux hommes à débâcher une écoutille et à tirer de la cale trois gros colis marqués du nom de Geneviève Babin, sise à Gros-Morne et chacun ben emballé dans une grosse toile.

— Et si j'lui portais la consigne ? que j'dis. Ce serait ben fait.

Nous n'allions pas appareiller avant le samedi venu, trois jours à attendre une cargaison de bois scié et de bardeaux en paquets.

— Ça te convient ? demanda le patron.

— Oui.

— C'est pas de coutume.

— J'le fais de mon chef.

— Ah! dit le patron, y'a fille là-dessous. Ça t'arait rendu fignon?

— Elle fait bonjour de loin, avec la main.

— C'est pas un héritage.

— Venant d'elle, c'est un royaume.

— Donc, y'a fille.

— Oui.

— Cré Bon Yeu que j'me mettrai pas à barrer tes chemins. Mais sache que tu navigues et que le débouquement est pour samedi.

— Et c't'en tout bien que j'y va: le temps d'aller, le temps de revenir.

— Pas plus?

— Pas plus.

Alors le patron qui connaît l'homme, comprend que j'pars pas jouailler.

— C'est sérieux de même?

— Oui.

— C'est hier soir qu'elle est venue?

— Oui, patron.

— T'as dû mal dormir.

— Pour ça, oui!

— Va donc.

Et il me prend l'épaule :

— T'as pas d'oubli, tu navigues !

— J'dirais ça.

— Va à l'hôtel. Si tu demandes à la porte des cuisines, derriére, ils te prêteront un cheval et une voiture. Dis que tu es gabier pour moi.

— Gabier ?

— Tu l'es devenu. C'est pour ça que j'te parle d'oubli.

— Vous êtes obligeant, patron, j'vous le rendrai.

Ça été, beau dommage ! l'élan pour me décarêmer de ma solitude à tout jamais. J'ai prié que ça tienne, ce jour-là. J'en tremblais que d'aucune chose donnerait la baie à mon espoir. Si d'aventure j'allais pour rien ? L'angoisse tiraille, j'vous le dis. Rendu sus le chemin, dans le matin bleu, la nâvrement me prenait, rien qu'à me dire que j'avais pu rêver, prendre un geste pour un aut', et que la fille, à Gros-Morne, pouvait ben me rire au nez. Et pis, serait-elle seulement là ? À la maison, ou ailleurs ? S'en est fallu de peu que j'prenne le bord de guesse à jamais !

Mais elle était là. Elle a même ouvert la porte quand j'ai frappé. Et j'l'ai revue, telle que j'l'avais en tête. Devant moi à y toucher, et contente de me voir, elle le cachait pas.

J'avais eu le long du trajet, une idée qui m'avait ben endêvé : à savoir que l'image que j'avais de Geneviève allait se dépiécer.

J'l'avais vu belle, la veille, mais sans remarquer ses atours. J'arais été en peine de décrire sa robe ou ses falbalas. Il a fallu qu'après la nuit blanche à ne revoir que son visage et son regard, j'l'aperçoive enfin pour vrai, l'œil d'équerre et ma jugeotte ajustée. Elle était aussi avenante que j'm'en souvenais. Mais là, j'voyais pour la vraie premiére fois qu'elle avait les cheveux noirs et les yeux tout autant, une belle peau hâlée, une bouche un peu large, avec des lèvres comme j'en avais jamais vu de semblables ; j'savais, en tout cas, que pour la tendresse d'amour et le bécotage, des pareilles bouches ont la renommée de ben faire les choses.

J'l'ai pas entretint des heures durant. Mais c'te fois-là, j'm'ai fait une bonne provision de souvenirs. Son air, son regard, sa voix, les prétintailles sus sa grande jupe de drap, son fichu, son beau corsage de linon blanc ... J'en avais pour rêver longtemps.

En partant, dès que j'allais souhaiter mes bonjours, j'ai pensé que j'arais pas prétexte à revenir souvent, si j'en créais pas un. Le meilleur était encore de jouer franc. J'me sentais trop empigeonné pour lâcher. Partir, c'était rempironner mon mal sans chercher à me médiciner une fois pour toutes. Son oui ou son non, ça serait la fin mot. À moi de le prendre tel qu'il viendrait. La clé restait de parler net.

— Mademoiselle Geneviève, que j'lui dis, ça m'a ben plu de vous connaître hier, et de vous reconnaître aujourd'hui.

Ella a pas eu d'affolement :

— Moi aussi, qu'elle dit.

— Hier et aujourd'hui ?

— À franchement répondre, oui. J'vous espérais presque à matin.

— Vous m'espériez ?

— C'est tout dire, qu'elle fit, et se mit à sourire.

— J'avais dans mon idée de vous revoir.

— Quand vous voudrez, répondit Geneviève. La porte vous sera toujours ouverte.

J'm'ai du coup senti allégi de tous les poids. M'avoir battu les coudes en l'air, j'crérais que j'eusse volé, comme un goéland, en criaillant de joie au-dessus des battures.

Mais fallait mettre au clair:

— On navigue, c'est selon les chargements.

— J'ai compris ça.

— J'viendrai pas frapper à votre porte tous les bons soirs. C'est l'amarrage qui fait foi de mes renouveaux.

— C'est à votre guise, savez-vous. J'me dédis pas.

— Et... vous m'attendrez?

— J'serais pas assez seronne de laisser un aut' vous devancer. Ça serait pas dans mes goûts.

— C'est ben vrai?

— C'est ben vrai.

C'est comme ça que tout s'est éclairci à demeure et que j'ai pris racine.

La chaîne était sus le métier, le reste s'a tissé tout seul, m'a dire comme on dit.

On s'a fréquentés proprement pendant un an. On amarrait à Mont-Louis six à sept fois chaque été, un peu moins dans l'automne, surtout par cause des grands vents, de la mer dure. Valait mieux prendre les charges pour Gaspé, ou pour Shelter Bay ou Mille-Vaches, eyousque les beaux havres naturels nous protégeaient.

Mais ça été assez de fois pour que, Geneviève et moi, on en vienne à se parler dans les yeux. J'avais jamais fréquenté encore pour le bon motif, et ça été dur de me retenir les mains tout ce temps-là, mais j'avais idée de ses principes, j'm'étais promis de les respecter.

Tout ça pour mener au mariage, un matin de mai. J'en dirai juste ce qu'il faut en dire, du mariage; les connaissants de la chose savent que ça été les plus beaux mois de ma vie, mais aussi les plus difficiles. Après l'embellie est venue l'accalmie, et pis le roule qui se place, qui vient à mener chaque geste et chaque entreprise de chaque jour.

J'sais, j'en parle pas comme j'ai parlé du coup de foudre, avec de l'allant et de la jase. Faut dire que le pire a été de dompter mes errances, de lâcher bord et m'ancrer. J'avais promis à Geneviève de jamais naviguer dans les avenirs, de me fixer, de tirer mon gagne sus la rive plutôt que dans le chenal: en par cas, pas dans les lointains. J'avais donc décidé que pêcher serait moindre mal. Être sus l'eau, mais demeurer. Elle était d'accord. On s'a procuré barque et maison tout en bas, à l'Anse-au-Griffon.

J'avais pas eu tort de crère que le bécotage et ce qui s'ensuit, avec Geneviève ça serait plein d'allure. J'avais cru deviner qu'elle m'aimait gros, comme moi semblablement, mais on s'a pas vraiment lâchés des semaines durant, et la cesse est pas venue aussi tôt que j'avais entendu dire. Y'a fallu du temps, des enfants, des soucis et ben d'aut'choses encore pour que ça se gavagne à plein. Au commencement, les choses allaient doux, allaient tendre. Mon souvenir est de ce temps-là, surtout. C'était dans la nature de Geneviève d'être de même. Elle avait toujours été une fille sage, tranquille, pas gergaude pour un sou vaillant, qui obéissait et apprenait l'ouvrage de maison. On a pas eu de gros récifs où s'empanner ou naufrager, pas au début. Nos entreprises, on les faisait mains jointes. Y'a fallu des années avant que le destin

31

nous force à gigailler plus que not' pouvoir et plus que not' vouloir. Mais c'est venu ben après.

À l'Anse, quésiment aux limites du Cap-des-Rosiers, on s'avait installés dès le début dans une bonne maison, assez grande, à ras la mer, avec son quai, et pas si loin de la rade de Rivière-au-Renard, eyousque les pêcheurs troquaient le poisson. En me dolant des bonnes pièces de presquement vingt pouces de face, j'avais solidé le quai. J'ai acheté ma barque à Cap-des-Rosiers. Elle était amarrée dans la p'tite rade naturelle, au Forillon, pas loin de la Rancelle, la slache de chemin qui va à Grand-Grave.

C'était une barge de mer, dans les soixante pieds de long, mâtée haut, avec un p'tit gaillard d'avant, assez bas pour pas nuire à un bon grand foc drissé sus du câble solide. Les haubans étaient en filin d'acier, c'était rare, et le chouque de bas-mât était en fer, ça aussi c'était rare. Comme voile d'usage, une brigantine, en toile épaisse, drissée sus une vergue de bois dur, engoncée dans son étrier, et retenue par une bonne chaîne de suspente. Allez pas crère que tous ces mots-là, j'les savais déjà sus mon île, à Boucherville. Naviguant à la voile sus les goélettes, j'en avais appris. J'en avais appris d'aut' aussi, quand le patron avait mis le premier moteur. Là, ça m'était venu, le tunnel, pis la niche du tunnel, le peak arriére et ben aut' chose. J'étais pas dépaysé comme un nègre au Pôle Nord, prenant ma barque. Mais j'ai vite vu, sus le remontant, vers l'Anse, que j'arais pas jouissance à naviguer malgré tout. C'est là que m'est venue l'idée qu'un homme a beau se faire des enfants au plus coupant, pour avoir de l'aide à la tâche avant d'en périr.

Mais à ruminer l'idée tant que j'voulais, ça finissait que rapport au temps voulu pour tout ça, mon idée restait teurse. J'avais qu'à déteurdre ; ça signifiait finalement attendre. Dix, douze, peut-être quinze ans? Et pis fallait que ça soye un garçon. Pis, étant garçon, avoir le goût de la mer, le goût de continuer avec le pére. On a vu ça, des gars qui ont l'âme pieuse et des vouloirs de messe et de soutane. Un vicaire s'empare de lui que c'est pas long, et le fils, à lieur d'être héritier d'une barque, il hérite d'un bréviaire. Et j'pouvais ben aussi, la malchance allant jusqu'au boutte, avoir que des filles. Avenantes, bonasses, pleines de vaillantises, elles araient pu être tout ça. mais ça les rendait pas aptes à grimpigner des mâts, verguer la voile et haler des trolles sus une barque de pêche. J'y avais ben pensé, mais le choix restait mince. À pêcher en doris, à la p'tite ligne, cent, deux cents livres par jour, un homme arrive mal à être gros casse. Même, faire vivre une famille, ça porte à la doutance. Pour pêcher à plein, fallait un vaisseau conséquent, et pis ça prend, pour dire, de l'aide. Mon bien, je l'arais à engager un homme, un second, et si, un jour, on allait jusqu'aux bancs du Labrador, eyousque, paraît-il, la morue remonte à la tonne, j'arais encore d'aut' monde à bord.

J'avais des économies, et en dot, Geneviève avait apporté du fourniment de maison, des coffres de linge, de draps, de tricots. Sans être riche, sa famille vivait dans le haut du pavé, à Gros-Morne. Le pére était négociant avec son frére et c'était du monde qui manquait de rien. Ils araient pas l'épitaphe gravée sus une planche de pruche. Soi-disant comme cadeau de noces, mais, à vrai dire, pour qu'on puisse se greyer le mieux possible, le pére nous avait fait un beau don au mariage. Avec ça et mon pécule à moi, j'en avais eu assez pour des arrhements sus la maison, des meubles comme ci comme ça, de premiers temps, et des gréements de semaine à se mettre sus le dos dans not' nouvelle vie. Et pis la barque à payer en cinq ans.

Un beau matin, on s'a vus installés, greyés, la barque parée à grimper la vague, fins prêts, tous les deux, comme on peut dire. J'avais afistolé la maison à mon mieux, et la barque pareillement, comme j'avais déjà afistolé le quai. Pis j'avais pas bouchonné l'ouvrage, et nos alentours étaient pas pleins de bourriers, j'vous en passe un papier!

À travailler de même, bras sous bras avec Geneviève, dans le long et le large de la maison et des dépendances, j'avais vu son adroisse à elle, et j'en étais enchanté. C'était une bonne femme, dépareillée, et elle passerait pas son temps à vaguer, les coudes sus un accotoué de chaise.

J'avais donc pas de remords, la maison parée comme elle l'était, lessivée, nette comme une torchette, de voir finalement à mon propre lendemain. Ce qui voulait dire m'engager un marin. J'avais crainte de pas trouver un homme à juger à vue de nez. De ma fleur d'âge, j'en voyais pas qui valtrait dans les parages. En pas voir un, c'est en pas voir une avalanche. Et danger était de me retrouver avec un vieux bousiat, ou un jeune pas sec du nombril qui s'arait déclaré le mal de terre un mille au large, et qui arait pus jamais rembarqué, vu son ennuyance loin de la terre.

La côte est longue, et les maisons sont loin à loin. J'en ai marché des lieues, sans me trouver l'homme. J'avais laissé mot au hangar à poisson de Rivière-au-Renard, et partout eyousque j'ai vu des vignaults à morue. Et j'ai attendu. Simplement. Un bon jour, pendant que j'cordais mon bois de poêle dans l'appentis arrimé à la maison, entre un venant que j'entends pas d'abord. J'étais distrait dans le travail, fier des belles échiquettes que j'réussissais, moi qui avais pas tellement cordé de bois depuis mon p'tit âge.

La voix de l'homme me fait bondir clair au plafond.

— C'est vous Pierre Huneau ?

— Quand le souffle m'a revenu, j'ai aperçu un grand gars mince, jeune comme moi, la tignasse raide et noire, mais les yeux vifs et la bouche souriante. Pas un bonasse, une force. Et plaisant de maintien. Ça m'a plu. J'voulais espérer qu'il venait pour naviguer avec moi.

— Soi-disant, qu'il dit, que vous chercheriez un homme à embarquer ?

— Ça oui, que j'réponds.

Il met les mains aux poches, d'un p'tit air sûr de lui. Plus j'le regarde, plus j'le vois vaillant. Mais faudrait qu'il m'en fasse assavoir un peu plus, vu que j'le connais pas d'Adam.

— Ta vie, tes ouvrages, c'est contable ?

— C'est contable.

— M'en parle donc.

— J'ai pêché avec un patron.

— Icitte ?

— Sus la basse Côte-Nord.

En mil neuf cent, mon temps à moi, on entendait parler de ce pays-là, à l'aut' bord du golfe, caché derriére Anticosti. Le monde de la Gaspésie, comme j'avais ouï conter, était allé s'établir là, d'aucuns continuaient à s'y rendre. Comme marin de goélette, j'arais pu y aller, vu que le transport y était entiérement par voie d'eau, mais ça avait pas adonné au patron d'y mener des navées, et j'en restais ignorant.

— Tu reviens dans tes parages ?

— J'sus du bord de la Baie, Paspébiac, mais j'aime

mieux les eaux d'icitte.

— Pis le reste?

— J'sus pas connu dans les alentours. Mais j'sais la trolle, le filet, la ligne, le chalut. J'ai bon œil pour le poisson, j'bois pas, j'navigue les jours qui me sont dits. J'sais ponter, calfeter, m'orienter aux étoiles, verguer et désenverguer, lofer pour trouver du souffle.

— Comme moi.

— Bon.

— T'es pas marié?

Il éclata de rire.

— J'ai encore ma tête.

J'avais pas la mienne, lui prétendant. Mais j'ai pas bronché. Autant j'avais craint trouver un vieux ben habile, mais pas sortable, comme il m'en avait été pointé deux ou trois, mais que d'avoir ça à bord j'me serais fait le mauvais sang à la dame-jeanne, autant j'me sentais hésitant, même en voyant la bonne prestance du jeune, rapport à tout ce que j'savais pas de lui.

— As-tu de la parenté dans nos pays d'icitte?

Il ouvrit les mains et fit non de la tête.

— J'crèrais pas.

— Même des connaissances, du monde qui me parlerait de toi?

— Non.

Ça voulait dire risquer. Il avait bonne mine, il était fort et délié, ça se voyait.

— Comme gagne avec moi, as-tu une idée?

— J'sus en avance, j'peux attendre. J'pêcherais

moitié-moitié en faisant nos comptes chaque fin de mois.

— Et à terre?

— Nourri, et un coin pour coucher.

— J'ai une dépendance nettoyée ben propre, ma femme Geneviève fait du bon manger, tu pâtiras pas.

— C'est une barge de mer que vous avez. Vous irez dans le grand large.

— Partis quatre, cinq jours, si j'peux avoir du sel.

— Ça se trouve à Rivière-au-Renard.

— C'est ce qui m'a été dit.

On était le trente du mois de juin, ça pouvait pas mieux tomber. On s'a serré la main.

— J'décoste demain au premier soleil, que j'dis, c'est quoi ton nom?

— Florent.

— Moi, c'est Pierre, comme tu sais. C'est comme ça qu'on s'appelle?

— Oui.

Sus le gagne, sus le temps de départ, sus nos noms, on s'a serré la main une autre fois, et j'm'ai trouvé avec un engagé à bord.

Le gréement de la barge comprenait aussi des trolles hameçonnées. J'ai mis le reste de la journée à relever la seine, à même un rocher pointant au large, un demi-mille d'avant, en amont de ma propre rade, et avec un fond d'au moins deux brasses. Une dizaine de seinées rapportèrent de quoi bouetter trois ou quatre trolles. On prendrait d'aut' poisson le lendemain, pour empâter le reste du drégail et essayer de durer deux jours en mer. Ça serait un commencement. J'saurais un peu si j'voyais juste.

On a lâché les filins avant le soleil, par une belle jour-née douce, le soleil long, mais un petit vent coulis qui nous a mis en vague berçante le temps de crier ciseau. À dix heures de ce matin-là, on était passé le franc mitan du chenal des grands navires, huit trolles pendantes, empennés, accotés sus not' ancre flottante pour attendre le bon vouloir de la morue et du maquereau.

J'pourrais disputer sus not' premiére journée de pê-che. Ça fait partie du grand vieux passé doré, ancien et plaisant, dépareillé depuis le temps, que j'essaie d'ou-blier. J'veux dire: les détails. J'veux dire: les belles si-magrées. C'est pas plus fini que j'sus fini, d'une maniére, et c'est autant fini que j'le sus, d'une autre maniére. Comme une fille qui a oublié la voix de son promis dé-funt, mais qui a rien oublié d'aut'. Aujourd'hui que j'ai proche quatre-vingt dix ans, j'vois ma vie comme des pa-rements de soleil, avec des grandes ombres qui suivent, pis d'aut'soleils ensuite, et encore de l'ombre...

De ce que j'me souviens, on avait une torrieuse de bonne pêche pour une premiére fois, et Florent était un homme qui s'accouvait pas sus l'ouvrage. Il a halé sa part de trolles. Pleines de morue, les trolles, c'est pas de la plume au bout du bras.

Et nos trolles étaient pleines. Pleines comme j'pensais pas possible. On s'arait cru en plein Évangile, la Pêche miraculeuse et le poisson aux bordages. Et de tout: de la morue, p'tite surtout, parce qu'elle grossit plus dans les creux fonds du grand large, et pis du maquereau, du flétan et même des chiens de mer. Mais ceux-là, on les a pas gardés. Surtout ceux qui vivaient encore.

— Faut avoir des gants pour les décrocher, dit Florent. C'est une p'tite sorte de requin, ça mord comme des be-lettes. Un homme se fait vite édoigter.

— On les rejette à l'eau ?

— Non, c'est vorace, ça mange l'écroit des troupeaux de morue. Le moins y'en a, meilleure la pêche d'avenir.

J'apprenais, mais j'apprenais mains pleines. J'arais pas cru tirer autant de l'eau que tout ça. Mon choix d'une barge de mer avait été une idée à moi, sans avis des vieux, et ça avait été un bel adon. Il me semblait qu'une barge portant solide même au large, mènerait vers plus de poisson que pourrait le faire un doris, ou une barge cul-plat, de p'tite quillée et méfiante de la mer forte. Un grand navire de fer comparé à une goélette de bois, si vous voulez. J'avais pas tort, le poisson en soute le disait.

On s'a pas attardés trois jours, même vu la chance. J'avais pas de sel, et j'avais donné mot à Geneviève qu'on reviendrait avant l'aut' soleil. Mais on a couché en mer pour faire deux jours pleins, et à l'amarrage, j'pouvais montrer de l'œuvre à ma femme, de l'acquêt de temps et d'ouvrage qui se voyait à l'œil. J'ai pu dormir les deux yeux ben barrés c'te nuit-là. Au lundi — on était mercredi et il fallait se provisionner en sel — on décosterait en chantant.

J'avais mal dormi, la nuit en mer. Pas par manque de confort, même si on s'avait couchés bijouettés, Florent et moi, dans le mauvais agencement du gaillard. J'avais une première journée de pêche ben rassurante, mais y'en faudrait une deuxième pour que j'me fasse une idée claire. Pis elle est venue, j'ai repris le sommeil, et dret là j'pouvais dire que mes lendemains seraient pas trop essoufflants. C'était pas d'ambitionner richesse, c'était de savoir qu'on se survivrait un mois portant l'autre.

Pour ben dire, à regarder en arriére, j'peux me compter nanti d'avoir si ben pu commencer dans la vie. C'est pas d'être renoteux que de le répéter. J'conte pas de contes. C'est loin derriére, ça date de mon jeune temps, mais ça se présente à mon esprit sans grand refoulis de mémoire : et encore aujourd'hui, j'vois que, jeune homme, jeune marié, le sort m'a pas boudé. J'étais ben parti, mieux c'est certain, que ben d'aut' ont pu partir. On mangerait pas par cœur, Geneviève et moi. Et Florent non plus, comme par-dessus le marché.

J'avais assez de poisson en deux jours pour obtenir un gros fourniment de sel. Florent a convenu avec moi, et ça serait le roule quant à lui le temps qu'il serait à bord, que le sel était hors du partage, si on voulait se comprendre.

Le lundi, c'était le vrai commencement. On a mis cap sus not' même place, et on a lâché l'ancre flottante à neuf heures à peine du matin. Jusqu'au vendredi, on a pêché, que c'était une vraie merveille. Et pas du poulémon : de la morue longueur de bras, grosse du ventre comme un chou d'hiver. On a halé des trolles tellement lourdes, une après l'aut', qu'on était clanche tous les deux à force de sauter les repas pour moins manquer pareille manne.

Au souper, Geneviève avait prononcé, en regardant Florent :

— Mon mari est ploqué de s'improviser pêcheur. J'en sus contente pour lui, malgré tout. Et pis, chanceux de vous avoir !

— Pourquoi chanceux ? demanda Florent.

— Rapport que vous pêchiez sus la Côte-Nord.

— J'ai pas mené la pêche icitte. Votre mari a su lâcher les trolles au bon endroit, et rien qu'à sa maniére à lui, dans ses places. J'ai rien décidé, j'ai seulement remonté le poisson et y'en avait manque.

Premiéres journées, premiéres semaines, c'est conté et

40

raconté. Reste à dire que le temps a passé sans changer grand-chose. Pour ce qui est des six premiers mois, et jusque venu le premier froid d'automne, on a vécu selon le poisson, la marée, la maniére du vent et l'erre du soleil.

Et ça été le dessein pour nos proches avenirs. En tout cas, pour un bon bout de temps; en tout cas, jusqu'à ce que les choses viennent à se gavagner. Mais c'est pas venu tout seul, ni aussi vite que ça.

3

J'sais que j'en ai pas dit autant sus Geneviève et moi, sus not' mariage, l'amour et ce qui s'ensuit, qu'on voudrait en entendre. Comme de raison, j'blâmerais personne d'être curieux, de la maniére que j'en ai parlé pour la rencontre. Si j'narre pas mot à mot ce qu'on disait et le court et le long de ce qu'on pouvait faire, j'crèrais agir en équipollent en disant le résultat, comme nos ambitions, nos entreprises, nos réussites. Le monde qui se chicaille pas, qui est pas en cherchement de désavenances et de pouillasses à journée longue, c'est justement le monde qui s'efforce ensemble, et qui s'arrange ben. C'est déjà beau après trois ou six mois de mariage qu'on continusse l'un et l'aut' à pouvoir besogner en harmonie, visant pareil, espérant les mêmes choses. Pis, comme j'étais pas un grand parlant, et ma femme pas une jacasse, c'est pas dans des mots que not' affaire se raconte, mais dans des actes. Dans ces premiers temps-là, en tout cas.

D'aut' diraient que mon propos, c'est surtout rapport à Florent, en maniére que c'était un important sus la barque et dans not' vie. Comme dit la chanson, ça se prévoyait que les amertumes pourraient venir de lui. De lui en ce qui avait trait à Geneviève. L'homme était pas un pacan, c'était un costaud ben planté, pas laid gars, sûr de lui. Geneviève était pas maganée, faut en convenir. Elle avait vécu rentrée, à Gros-Morne, l'espérance de mariage avait été ambitieuse dans sa famille, mais elle s'avait mariée à sa volonté, pas mal autrement que prévu par les siens. On commençait du bon pied, mais pas riches. Aventurée comme elle était, ayant eu le temps de réfléchir et de tout voir comme c'était, ça pouvait mener au regret, pis du regret aux folies. J'conviens de tout ça, et du même souffle, j'dis que les choses sont pas venues de c'te maniére. Florent y a été pour quelque chose, mais ben indirectement. On avait plus de russi que de manqué, et c'était pas à craindre, l'idée qu'on pourrait se faire que Florent arait piétiné mes plates-bandes. J'sais pas si c'était le genre à mon engagé, mais sûrement que c'était pas celui à Geneviève.

Le genre du monde, à vous faire assavoir, c'est pas une permanence, par contre. Le noroît peut suivre l'embellie, on peut dire. D'un météore à l'aut', dans nos atmosphères, le chemin est pas long.

En par cas, les premieres années ont été bonnes. Pas autant belles, jour après jour, que c'était souhaité. La pêche étant ce qu'elle est, de tout temps et dans tous les pays, un haleur de trolles fait moins qu'un patron, et un patron fait moins qu'un djobbeur, en piastres et en cennes. Vu la famille qui venait, une achetée après l'aut' qu'on s'a rendu à six en cinq ans, rapport aux bessons inattendus, il a fallu de la sueur de peau et de la sueur d'idée pour rattacher tous les fins bouts et survivre.

On s'y attendait, ben sûr. Ni l'un ni l'autre, Geneviève et moi, on était pocheton. On a fait face.

Y'avait pas manque de résonnances, venant de Gros-Morne. Sa famille, à Geneviève, on peut pas dire qu'elle nous voyait d'un bon œil. Des bourgeois qui regardent un pêcheur tant bien que mal, jour après jour et souvent plus mal que bien, ils ont pas bon regard. J'arais cru à de la hargne plus vite, mais ils ont été patients. Prudents, j'dirais. À savoir comment Geneviève prendrait qu'ils se gênent pas dans leurs dires. Au commencement, dans les premiers bavassages qu'on a entendus, Geneviève a été moins cœureuse dans la maison pendant un bout de temps. Un soir, elle m'a même dit :

— Regrettes-tu le mariage, Pierre ?

J'avais été pris de court, j'ai pas répond dans le même souffle. Quand ça m'est venu, j'avais eu le temps de me faire un visage et pis un ton de voix.

— J'ai rien à redire, Geneviève. C'est comme mon idée, c'est pas changé. J'avais rêvé, j'me sus éveillé, le rêve continue.

On avait un petit au ber, un aut' en chemin. J'avais plus et mieux. Mais Geneviève était tirée, la bouche plissotée.

— Toi, Geneviève, t'as des regrets ?

Elle a fait un drôle de geste de la main, que j'ai pas compris.

— Non, j'ai rien à redire. On vit.

Mais c'était pas tout, et ça se voyait.

— Dis-tu le fond de ta pensée, Geneviève ?

— Oui.

— Mais apparence qu' y'a autre chose.

— Ça vient de Gros-Morne.

— Ah! La famille.

— Oui.

— Les échos viennent de loin.

— Ils ont pas été pleinement de mon bord, dans le mariage. Mon pére m'avait dit que si j'tombais en misére, de lui faire assavoir. J'm'avais raidi, j'avais parlé dru, et il avait pas été plus loin. Il était trop renâré pour m'ostiner, c'en est resté là. Mais ils m'ont souvent plainte, même devant moi.

— Ils nous avaient fait des beaux cadeaux.

— Parce qu'ils étaient pas contre toi à demeure. Ils se disaient, et ils me le disaient à moi, que t'avais de l'espoir et du beau chemin, si tu t'orientais au mieux. Ils te voyaient patron de goélette, à t'enrichir dans le transport sus le fleuve. T'as choisi pêcheur, ils ont déchanté.

— Et les bavasseries te rejoignent?

— Oui. Ma mére et mes fréres, surtout. C'est des lettres, ou des on-dit, ou des farces plates de chaque revenant de Gros-Morne.

— Et c'est moi le comique?

— Oui.

— J'enverrais tout ça flotter dans le jusant, mais j'vois la peine que ça te fait. Veux-tu que j'aille à Gros-Morne leur faire honte?

Elle avait eu un grand geste horrifié:

— Non! Fais rien! Laisse-les parler!

En respect des idées de Geneviève, j'ai fait de même, j'ai laissé parler et bavasser. On a vécu dix grosses années à ramer contre-courant, rapport au monde de

Gros-Morne, rapport aux miséres de la pêche, rapport aux miséres de la vie. Conter ça en détail servirait pas gros. On en mettrait plus en désespoir qu'en reluisant. Des mois, l'hiver surtout, arait fallu être orpailleur pour trouver gros comme un pou de joie ... ou d'or. Même avec les enfants, même avec le soulagement de survivre !

On s'a retrouvé, après quinze ans, avec quinze enfants, dans douze achetées, et comptant les bessons. Geneviève était prime à bessoner. Y'a des femmes comme ça.

Mais là, j'vas plus vite que le vent. Ce qui compte dans mon histoire, c'est ce que j'disais d'abord, mine de rien, sur les premiéres années et qui explique les aut'.

La vie, c'est pas vraiment une grande affaire qui se voit d'un seul coup d'œil. Si un homme se met à jongler, à rapailler tout ce qui est arrivé pour se faire une image, là, il va voir ce qui en est, mais heure par heure, jour par jour, c'est pas tout à fait de même. C'est comme quelqu'un qui marche tête basse, apparence qu'il verra pas grand-chose du paysage. C'est rendu à bout d'âge qu'il voit tout à noir, comme aujourd'hui j'le vois.

En ce temps-là, on travaillait jusqu'à amen. Sans s'arracher à plein, mais on prenait rarement le temps de carculer. C'était pas à maille et à corde l'année longue, non. Au bon temps de la pêche, on mangeait, on vivait, et même, on avait de l'acquêt de tout ça.

C'était l'hiver, le dur temps.

J'avais beau élever deux cochons, une tauraille à tuer venu l'automne, des poules pour les œufs et le bouilli, cultiver des navets, des patates et des carottes et des choux, semblait-il qu'y'avait jamais assez, et y' arrivait manque dans le dur de janvier. On se réchappait sus le poisson gelé, et Geneviève faisait durer ben des choses.

C'était l'ennuyance du manger d'été, le pire, et comme avait dit ma plus vieille, Rita, une fois, et ça nous avait surpris venant d'elle, c'était l'ennuyance de la chaleur partout.

Y'avait ça! On avait beau chauffer, la maison était jamais ben chaude. J'avais un boisé à bûcher, du bois soi-disant à demande, mais chauffer la grandeur du carré, plus les chambres en haut, y'arait fallu trois poêles au moins, à blanc jour et nuit. Le bois à demande fournissait un poêle, fallait pas espérer plus et conserver la coupe d'année en année. Le pignon était froid, dans les chambres de coin, en bas la glace figeait sus les plinthes, et le frimas était aux fenêtres partout.

Mais on a survécu, en meilleure santé que j'arais cru. On a pas souvent vu le docteur. Au pire, ça été quand un des bessons s'est coupé un orteil avec une hache. Le docteur est venu dans la nuit. J'étais allé le chercher. À part ça, de mémoire j'dirais qu'on a pas vu le maréchal plus que cinq ou six fois, pis la guérison vite et sûre quand même.

Les enfants sont allés à l'école. Geneviève savait ben lire, moi pas trop. J'l'enviais et mon projet était que ça arriverait pas à mes enfants d'être pris de même. On s'a fait râler par les voisins, par la parenté. Même par le monde de Gros-Morne. Ils avaient poussé pour mettre Geneviève pensionnaire six ans de temps, mais là, vu notre pauvreté, ils avaient pour leur dire que nos enfants araient dû être mis à l'ouvrage au plus vite … C'était du raisonnement de ce temps-là. Même les bourgeois comme eux aut' prêchaient l'ignorance pour les pauvres. C'était pas, à leurs yeux, du monde qui méritait le savoir.

Mes gars ont aidé, mais pas avant d'avoir été sus les bancs de l'école le temps d'apprendre à lire, à compter, et assez de catéchisse pour communier. Dans leur vie, le savoir qu'ils araient, selon moi, ça serait comme de la brise de juin dans un temps de vent d'èsse ou de noroît. De la lumiére eyousqu'y fait noir. J'voyais ça de même, associé! Ça me dépareillait d'en travers le monde, mais j'en étais content.

L'école était à main, et les enfants avaient du chaud linge, des bonnes bougrines et des bottes de loup marin que j'leur faisais moi-même dans l'mort de l'hiver, à même les pelleteries récoltées à la mise bas des phoques, au printemps sus les battures.

Les filles, j'en ai laissé le raisonnement à Geneviève. Greyés qu'on était de six, c'était plus à elle de jugeotter ça.

Elle en a mené deusse au catéchisse, Rita, la plus vieille, et pis Angèle, la deuxième. Les autres ont ben appris dans la maison, ça pouvait faire de bonnes femmes aux gars qui en voudraient. On les avait élevées sévère; polies, de bonne morale autant que possible, avenantes et vaillantes, accoutumées à la misére. On pouvait pas faire plus.

Geneviève a pâti de pas en envoyer au moins une pensionnaire au loin, de maniére à en faire une demoiselle comme elle était. Mais j'arais gratté le fond de la terre pour trouver de l'or que j'arais pas pu. On a eu beau carculer haut, carculer bas, manque de cash, c'est manque de cash. On paie pas le couvent avec un vignault de morue sèche, ou avec des caisses de maquereau salé! C'était juste pour se coucher vivant le soir venu, où trouver de l'argent de couvent?

J'essaie de vous narrer le court et le long. Pour comprendre le reste, y' était bon que vous sachiez comment ça s'est arouté d'abord. Comment c'est que deux personnes qui se respectent, se considèrent, s'haïssent pas, pour dire, vont s'arracher tant bien que mal, en prenant élan sus les bas pour atteindre chaque fois un peu plus haut. J'dis ça, on pourrait crère qu'on est venu à voler dans les grandes hauteurs à demeure: non. Non, jamais comme ça. Mais c'est vrai qu'on a eu des bons temps, des bonnes saisons. Le prix du poisson, un été, s'a ben affermi, et a resté solide jusque venant décembre; des navées payantes à plein. Paraîtrait-il que c'est rapport à la spéculation qui se faisait à Boston et à Baltimore, dans les États, qui a poussé le poisson trop cher pour le marché des Vieux Pays, ça fait que nous aut', on en a profité.

On a pu, c't'année-là, s'acheter du bétail de plus à tuer. Quatre cochons pour l'hiver, deux taurailles, pis de l'ensemencement pour agrandir ma culture et nourrir les nouvelles bêtes, plus de poules, et j'ai même fini par vendre du fourrage de trop pour soixante piastres. Du foin lié par Arsène Bourdages avec sa mécanique. C'était la première fois que j'faisais lier. Avant, c'était à peine à la gerbe, soit en gerbier sus le champ, ou dans le fanil de mon bâtiment.

Donc, une bonne année, mais une des rares. Entre temps, comme on pouvait, pas plus! La pêche d'été selon le sort. La petite récolte, les animaux engraissés, les poules … Un hiver ou deux, j'ai collé des arbres à scier, de quoi éclaircir le vieux bois qui s'en venait malade. J'ai pu vendre un trentaine de cordes de bois de poêle au village. Abattu, ébranché, sciotté, fendu de grosseur. Au prix du temps, de quoi agrémenter le temps dur, mais rien à enterrer des écus sur le pontage de l'écurie.

On s'arrachait, j'vous dis, plus de jours froids que de jours tièdes, mais le moindrement que ça sentait le soleil, on se remettait à rire. Même à chanter, des fois, mais

52

plus rarement. On s'accoutume à marcher tête basse et à ruminer les soucis. Le visage perd ses plis gais et on parle moins qu'on agit.

Une année — une autre — que ç'avait été meilleur, j'ai acheté trois moutons, un bélier et deux brebis, que j'ai pacagés l'été dans le haut du bien, une prairie bossée, pierreuse, mais eyousque y'avait de la bonne herbe, en pieds carrés. L'hiver, avec les poules et le cheval, ça se dégourdissait dans un coin de l'écurie, en paquet petit petan, sans trop de mal. Surtout qu'il m'avait été donné une remise en ruine, que moi et les garçons (ils avaient bras d'enfants et vouloirs d'hommes : eux et moi on valait ce qu'on valait), on a démolie. J'ai redoublé l'écurie, les bêtes se réchappaient mieux, plus au chaud.

Avec les moutons, on a eu de la laine à tricoter, à tisser. Ça de moins à acheter !

J'cré ben, disant ça, avoir tout dit qui fait comprendre la raideur de not' côte. Il faudrait peut-être aussi dire qu'une côte a beau être raide, c'est bras dessus bras dessous, chacun tirant du sien, qu'une vraie famille arrive en haut. En par cas, fait son chemin pour essayer d'y arriver.

Et pis nous aut', selon que ça se voyait sans longue-vue, on était une vraie famille.

Ç'avait été mon premier souci qu'on le soye.

Celui de Geneviève tout autant.

4

J'crérais qu'il est temps de parler de Florent. Il a pas été, ça été dit, l'homme que le monde arait pu en crère, vu le fait qu'il a été longtemps comme un de la famille. Quand j'ai agrandi la maison par le bas-côté, une affaire de quésiment vingt pieds de plus au-dessus du défaut de côte, c'était dans mon idée de loger Florent mieux qu'il l'était dans la remise. C'était pas restable là-dedans, maintenant qu'on avait des bêtes.

J'ai fait une chambre, et à flanc, une aut' chambre, pour dégorger le reste de la maison. On en avait à coucher, des jeunes, et ça augmentait vite avec le temps. Toujours est-il que j'ai allongé le carré de maison, étiré le pignon du bas-côté, et ça s'est trouvé, en haut, dans le comble, la bonne place pour Florent. Lui-même s'a fait de la meublerie pour sa commodité. Même que ça nous a surpris de le voir si nanti d'adroisse. Il s'a fait une caisse de lit en planche blanchie au moulin, un bahut d'homme pleine hauteur, avec des grands tiroirs, une armoire pour pendre ses grandes hardes de dimanche, une table et une belle chaise gossée joli au couteau, dans le haut des barreaux, et sus la planche de dos. D'en bas, on lui avait monté une des quatre grandes chaises de presbytère, berçantes, vernies, du ben beau butin, que j'm'avais achetées dans un encan de Sœurs, quand le couvent de Mont-Louis avait été rebâti à neuf.

Dans son nique, en haut, une grande fenêtre pour voir la mer, et un grillage au plancher pour monter le chaud du poêle, Florent pouvait se dire content. M'a dire comme on dit, il arait encore été mieux marié, mais c'est une sorte d'embellie qu'il a jamais trop cherchée. Il m'avait démontré, le jour de son engagement, qu'il était pas marieux, mais j'avais pris ça pour une passade. Ou sa façon à lui de s'en faire accrère. Venus les cinq ans, les dix ans, Florent qui fréquentait toujours pas, qui restait dans son coin à fumer la pipe sans trop parler, fallait ben déduire qu'il avait pas ça dans l'idée. Sa moitié de pêche valait la mienne. Il arait pu faire comme moi; pas mieux, pas pire. Mais rien?

Geneviève et moi, dans le seul à seul, on en a parlé maintes fois. Ça revenait toujours à nous dire qu'on pouvait pas faire grand-chose. On régente pas un homme à se marier. J'dis pas, s'il avait été troublé par son esseulage, entreprenant pour les créatures de rencontre, teigneux avec les femmes, il arait fallu le mettre à choix, seulement pour la paix des entourages. Mais il était le plus tranquille des hommes, pas un mot plus haut que son corps, avenant toutes les occasions, serviable, pas rechigneux, à l'ouvrage ou sus le manger, et endurant des p'tits que j'en revenais jamais. En par cas, sa patience me faisait honte, surtout dans mes jours de narfs et d'émois.

Me semble le voir à table, les p'tits ben rangés de chaque long bord. Mon Florent mangeait, mais si par accident un des jeunes avait dédain ou farfinait sus le plat, Florent prenait la grosse voix :

— Mange, mange ! C'est péché en laisser. J'veux voir ton assiette nette comme torchette !

Soit ça, soit aut' chose, Florent a toujours su dire au bon moment. C'était pas qu'il se mêlait plus que de raison. Il avait de la retenue, et ça venait pas dru, qu'il dispute les enfants, mais ça venait toujours à point.

J'en parle comme d'une perfection, faudrait voir ! Florent avait ses défauts. Il querellait le cheval, par exemple. J'ai toujours cru que mon engagé s'était pris de haïssement pour c'te bête dès le premier jour. C'était pourtant un bon gros cheval blanc, pas orgueilleux, calme, endurant, pas exigeant. Mais Florent cessait pas d'y parler comme s'il avait été une picouille pas trop vigoureuse. Une fois que mon Tommy — le cheval — avait vifement tiré trois tomberées de gros poisson amont à côte jusqu'aux vignaults, et qu'il halenait à faire pitié, Florent s'a mis à verger dessus à coups de manche de fouet, sous prétexte qu'il avait mal tiré. Y'a fallu que je vienne le faire cesser. C'était sans plus de raison que ça, et j'en parle d'une fois que ça pourrait être vingt. Fallait que j'garde un œil. Jamais Florent a dit que j'devrais me défaire de Tommy, et il était le premier à empêcher les enfants de le maganer, ou, quand ils sont venus assez grands pour prendre les guides, de le gavagner sans penser plus loin. Restait que, rapport à Tommy, Florent était pas endurant.

Aussi, il craignait les poules, les cochons, et les revenants. En mer, surtout, les revenants. Il m'a fait dix fois la fausse peur, que j'en avais la chienne des heures de temps. Surtout si on couchait au large et que le temps était un peu à la breume.

Lui, ce qu'il voyait surtout, et souvent, c'était la barque fantôme, avec son monde à bord. Ça lui passait, qu'il disait, à cent pieds du nez, dans la breume, tous les hommes ben clairement sus le pont, qui grouillent pas, qui parlent pas, et tout ça en grand silence. Il m'y a callé maintes fois, j'ai couru, mais j'ai rien vu. Lui jurait sus la religion de son pére et de sa mére, sus les souffrances du Grand Jésus et tout ce qu'on veut que c'était vrai d'Évangile, qu'il avait tout vu ça.

Comme c'était toujours le soir que ça lui apparaissait, la barque avec ses feux et la lumiére du pont, autant que la lumiére de dunette, il était pas facile à démentir. Il finissait par venir se coucher avec moi dans le gaillard, mais il dormait mal, cauchemardeux toute la nuit. Ça travaillait lassé, le lendemain.

Et ça s'a produit des douzaines de fois en dix ans et plus. Si j'arais été porté à la crère, la peur m'arait gagné à mon tour. Mais j'ai pas de suprestitions, j'ai jamais eu peur, pas plus que j'ménarfais de croyances du genre.

Ça vous donne une idée de Florent. Bon homme, par surcroît. À la rambourde pour les trolles, du bras et de la vaillance, le couteau leste dans l'étêtage, quand on salait à mesure dans nos longues pêches. Habile en ben des choses, pas discoureur, pas venteux, pas fainéant. Du premier coup, j'avais ben trouvé et j'ai jamais eu à m'en dédire.

Au bout de trois ou quatre ans ensemble, j'ai eu le court et le long de son idée un soir.

On était au grand large, à pas voir le bord, delà le chenal et sus un bon fond de poisson. On avait fait une damnée bonne pêche, on se sentait ben, mais pas sommeilleux, parce que le contentement stimule, c'est connu, et on avait de quoi ben avancer les finances. On s'avait mis

à jaser, accotés au mur du gaillard, la porte grande ouverte pour entendre la mer et la sentir.

C'est moi qui a cassé la glace :

— Florent, c'est drôle que du décides pas de pêcher à
ton compte ? Y'a du poisson pour plus que nous deux
dans la mer.

Il a pas répond du même souffle. Il avait les yeux plissés, le front barré, il suçotait sa pipe.

— M'est avis, qu'il dit finalement, que c'est pas la partance que j'veux. Mon chemin, tel qu'il est, j'l'endure.
J'ai pas idée d'en changer du jour au lendemain.

— Un homme a sa barque, Florent, il barge à sa guise,
il trolle à sa guise, il ménage son gagne, il devient conséquent. Gros casse vaut mieux que p'tit casse.

— Rapport à quoi ?

— J'te comprends pas trop.

— Rapport à ce que l'monde pense de lui, ou rapport à
ce qu'il pense de lui-même ?

— Ben… les deux, j'crérais.

Florent hocha la tête et il lui est venu comme une grimace au visage.

— J'ai pas dédain de ce que l'monde dit, mais j'en fais
pas mon credo. Pour ce que j'peux penser de moi-même,
c'est plus important des fois, mais ça me pousse pas à
être gros casse, comme tu dis, et j'arais tort de me mettre plus pesant sus le dos que j'veux porter. Mon atti-
rance, c'est de travailler sec, avec un bon patron, et faire
son affaire comme la mienne. M'avoir une barge, j'parti-
rais, mais j'pourrais pas pêcher tout seul. Toi non plus.
Ça veut dire qu'y te faudrait une équipollence, et à moi
aussi, d'une aut' façon. Vu que les équipollences, c'est

aller de retour, comme le train dans les hauts de la province. Ton homme, mon homme, et se retrouver à pas parler le même langage qu'avant? J'dirais pas que c'est facile.

— Non, c'est certain. J'parle pour ton bien. Moi, j'trouve que tout est ben amanché dans le présent.

— Mon oncle Ziphore, du côté de ma défunte mére, continue Florent, il disait que le désastre vient à ceux qui déterrent les morts et les empêchent de dormir leur Ciel en paix. J'ferais pas ça. Quand tout est ben, faut pas chambarder le roule de vie. J'demande pas plus que j'ai.

Pour ainsi dire, j'avais plus grand question à poser. Ça m'attristait de crère que ce beau grand garçon-là, devant moi, pas encore trente ans, s'en fallait, pouvait pâtir de pas suivre son penchant et faire sa vie selon l'ambition. J'me sentais en conscience de pas lui ouvrir la porte. J'l'avais fait, Florent avait montré son idée, autant faire comme disait son oncle et pas gavouiller sour les pierres tombales.

J'en ai plus jamais soufflé mot, et les années ont continué de passer.

J'avais dit à Florent, avant qu'on s'endorme:

— En par cas, mon gars, advenant que tu soyes plus d'aise parmi nous, t'as qu'à le dire en te sentant libre.

— J'ferai ça, advenant, Pierre Huneau.

— Bon, c'est dit.

Et il en a jamais reparlé.

Moi non plus.

J'dis pas ça en laissant crère qu'on a eu des occupations à journée longue à ce propos-là. C'est pour mieux expliquer Florent par rapport à nous aut' et nous aut' par rapport à lui. Un peu la jarnigoine du gars aussi, son idée, ses vouloirs. Pour finir par admettre que c'était un homme d'équerre, content de son sort, honnête à l'ouvrage et autrement. Faut pas en demander plus, ça serait trop. J'voyais ça ben étale, j'en faisais mon sort, en remerciant le Bon Yeu d'avoir un si bon homme à bord avec moi.

Même l'hiver, à la morte-pêche, Florent avait pas son pareil. Et au printemps, quand j'mettais la terre en grâce de produire un peu, il était aussi vaillant que sus la barge, et on finissait par courir dans la tâche comme des lièvres dans le trèfle. Mauvais temps mouillé, à la mer pour le poisson, jour clair, aux labours et aux semailles. En se démanchant selon le possible, rien souffrait de manque, et venus la fin de juin et le mois de juillet, il nous suffisait des soirs clairs pour récolter, après avoir mis les trolles à l'eau au p'tit jour, et encalé le poisson toute la journée.

De même, on arrivait à fournir la table à la famille, à greyer les enfants pour l'hiver et à vendre icitte et là des petits surplus. Moins pauvres que d'aut', pas aussi riches que certains, mais not' liberté de respirer à l'aise et de pas nous sentir corps-mort.

J'ai fait ça grâce à Florent, j'm'en dédis pas, et j'en parle cœur content. Sans me lancer dans des narrées de six jours six nuits, en moissonnant tous les p'tits détails qui servent à rien. Comme j'disais, faudrait pas crère que ça roulait tendu semaine après semaine. On avait des avaries, des avatars, du croquant dans la bonne viande. J'en parle pas, simplement que c'est le lot de tout un chacun. Personne est exempt. Un grand bois sans laissées de loup, ça s'voit pas. Mais ça s'voit pas non plus, un bois sans une ou deux belles laies où passer bras battants sans s'épiner à tout instant.

Dire le bon, ça suppose qu'on médit pas le mauvais pour autant. Mais comme y'a justice qu'il soye là, on est mieux de le laisser deviner. Personne va crère que le destin d'un pêcheur gaspésien, en mil neuf cent, pouvait reluire comme un trésor de pirate.

Tout pouvait nous arriver, tout nous arrivait. Le moteur de barque à joc sept ou huit fois, l'année qu'on a troqué la toile pour une hélice; la coque en dévoration par le sel de mer, trois semaines en radoub; toute la famille prise de la clenche que ça nous faisait traînasser de faiblesse comme des fantômes, moi et Florent y compris; une épidémie aussi, mais dans les poules; une tempête de suroît qui, a débâti le quai; un aut' p'tit qui venait d'une belle avancée mais qui est mort à la naissance! Le pire, dans tout ça, faut dire que ça été la noyade de mes deux plus vieux du temps. Douze ans et onze ans. Ils s'en sont allés en p'tit doris, pêcher du poisson de rive entre les battures de roche. Le temps regardait calme, mais le vent a pris vite, la lame a battu l'embarcation sus une basalte, avec un fond de vingt à trente pieds. Les enfants ont jamais su nager, et ceux-là ont calé dru. Ils ont dû crier, mais avec un vent d'ouest, un vent de jour, qui rafalait à grands coups, personne les a entendus. À l'heure du souper, les voyant pas, Florent et moi, on est allés épier en bas. On a vu les épaves de doris, et c'est Florent qui a grappigné pour les remonter. Y' était, en effet, ben trop tard.

De la narre de même, y'en arait tant s'en faut, comme y'en a de la plaisante à dire aussi. Moitié un moitié l'aut', comme dans n'importe quelle vie.

Faut arriver au temps où le montant était moins à pic. Le bon temps, si on peut parler de même, quand Rita, la plus vieille a eu ses quinze ans. Ça en donnait quatorze à Angèle, et ensuite venaient les gars, ceux qui restaient

64

après la noyade. J'parle de moindre côte, en voyant que déjà, not' roule de vie avait changé. Nantie de deux aides dans la maison, Geneviève voyait jour. Aussi, elle pouvait tisser plus, coudre, en ménagement sus le gagne. J'sentais venir le temps eyousque chaque pêche serait pas grugée en entier, sinon plus. Fallut un jour penser à encore un nouveau moteur de barge en remplacement du premier qui avait fait son temps, et aussi des gréements solides pour remplacer les vieux. C'était plaisant de voir que ça serait sans souffrance d'argent. Moins, en par cas, que dans les années d'avant.

On respire mieux, quand la tâche de maison est allégie pour la femme, qu'on peut avoir assurance de se rendre au lieu de pêche et en revenir, et qu'on ara de quoi aveugler les voies d'eau de la coque sans manger dans les réserves d'argent. J'ai pu voir ça un matin de juin. Ça s'était pas fait du coup. L'avenance de Rita et de sa sœur a été en noviciat pendant des années. Mais j'revenais du village, allé acheter des provisions avec du gagne de pêche. Il m'en restait pour une fois bonne somme en poche, et dans la maison, j'ai aperçu Geneviève au métier, dans la grande chambre d'en avant. Rita était devant le poêle, et Angèle étendait dehors, après le lavage. Ça m'a frappé que sans s'en apercevoir presquement, on avait comme on dirait, pris le dessus. Des restes de gagne en poche, Geneviève à travailler la mine tranquille, les filles à la besogne quant à soé ... On avait long de chemin de faite, et on était pas loin du top de côte.

Advenant des rares pêches et du donnant riche à la terre, on serait pas loin de la barriére.

J'm'avais pas vraiment rendu compte du temps qui passe, et j'voyais devant moi que le chemin d'aise était jouxte. Dix faveurs de la Bonne Vierge, et j'pourrais dire que l'arrachement était amont.

Florent et moi, on a été aux derniéres semences tout le fin reste de c'te journée-là. Moi, j'volais haut, j'peinais sans grand-sueur, à savoir ce que j'venais de découvrir soudain. J'avais pas besoin d'un enseigneur pour me montrer que mon avenir se disait beau. Même Florent était emporté de joie à mes côtés. Il a travaillé, ce jour-là, comme moi j'ai travaillé, assez dur pour finir avant le dormant du jour. On cultivait pas à la machine, comme ça se fait de nos jours. On semait à la volée, à passer deux fois là eyousqu'on avait pas parsemé autant que fallait.

Quand on est rentré à la maison, ça attendait pour souper. Nous aut' les premiers, et les enfants tout pareillement. Geneviève avait mal au dos de pousser la navette, mais elle avait l'air contente.

— J'ai fait trois longueurs aujourd'hui, qu'elle me dit, j'ai gagné mon souper.

Chacun chacune avait sa besogne et j'continuais d'être frappé d'étonnement que ça soye arrivé graine à graine et qu'on en soye là tout d'un coup.

Oui, j'ai ben mangé. Geneviève aussi. On se regardait, complices à tout instant. Voir agir tout ce monde sachant quoi faire, même les plus p'tits, c'était joyeux.

Peut-être à cause de ça, j'pense avoir regardé mes deux grandes pour la premiére fois en détail. J'veux dire surtout d'une maniére différente. Rita avait ses quinze ans, elle était plus grande un peu qu'Angèle, plus formée. Les cheveux noirs comme une corneille, les yeux pareillement, pis du vif-argent dans le regard, un beau sourire de femme, déjà. Geneviève, leur mére, était belle rare, chataigne, les yeux bruns, un grand corps solide, et les plus belles épaules du monde. Sauf en question de couleur, Rita s'en venait comme elle, presque grande, les mêmes épaules, mais la peau brune plutôt que blanche.

Quant aux maniéres, je suppose que ça venait de moi plus que de Geneviève, elle était ben ouverte, sûre d'elle-même et pas mal plus parlante que sa mére. La voir aller autour de la table, légearte, vifement comme abeille, le beau tablier de coutil propre qui arrivait pas à la déformer dans son apparence de femme, c'était plaisir.

Tout autant Angèle, qui était plus blonde, plus calme, moins femme mais qui se formait vite pour être avant longtemps aussi montrable que sa mére ou sa sœur. C'était la pas parlante, qui souriait par contre, sans se forcer, tout le temps, et les yeux aux anges. P'tite, elle était mangeable comme du bonbon. Et maintenant qu'elle arrondissait sour la gorge, elle devenait une vraie image.

J'l'ai ben regardée, ma famille, ce soir-là, enfant par enfant, pis ma femme encore plus. J'm'ai trouvé riche. Même si la pêche était maigre des fois, même si la récolte de foin était rarement assez grosse pour mettre des épées en arriére de la charrette, même si les avaries étaient plus fréquentes que la multiplication des pains pouvait l'être, j'restais plus riche encore que ben du monde. Et le long de ce repas que j'ai jamais oublié, j'm'ai haï pas mal plus que j'm'ai apprécié de pas voir plus souvent ma richesse.

Ça fait que, là c'est dit. J'ai parlé de tout le monde, j'les ai tous mis en place, à savoir que vous les comprendriez tels qu'ils étaient, même Florent.

Sûrement, j'ai peu parlé des plus p'tits. Fallait pas encore les compter comme on comptait les plus vieux. Y'en avait là-dedans, — j'pense aux béssons — qui promettaient gros. On avait jamais été nantis d'enfants stupides, comme y'en a. Ça naissait, ça ouvrait les yeux un jour, ça gigotait, pis déjà y'était plus que certain que ça serait pas des gnasses. Grandissant, ça démontrait davantage.

On avait un bon neuvain de p'tits rusés que c'en était plaisant à voir s'ébattre le dimanche, après la messe, quand on revenait à la maison, et qu'ils se déchangeaient pour courir à leur guise. Pas un jouereau dans le lot, et la bande jottée rouge par le grand air et le bon manger que leur faisait Geneviève. Une belle famille. J'en étais fier. Ça, c'est l'important à dire.

Restent des narres à vous faire entendre qui expliqueraient pourquoi, un beau jour, j'm'ai décidé à parler. Pourtant, j'sus loin pour être entendu, et c'est pas certain que le monde est paré à écouter un vieux comme moi et ses dictons.

Sauf que si j'dis rien avant de mourir, j'craindrais hanter les parages pour l'éternité, en cherchement d'auditoire.

C'est pour ça, pour le repos de mon âme et l'indulgence plénière, que j'vous force à m'entendre jusqu'au boutte.

Autrement, j'me sens icitte comme pris entre des clôtures, des clôtures hautes, sans barriéres, pis solides, les perches liées trois fois à l'amblette. Faut que j'arrive à respirer libre, ça fait que j'parle.

Écoutez-moi.

5

Y m'a venu du mal dans ma vie. Par trois fois et j'compte pas pour Geneviève, mais ça, c'est aut' chose. Dans le moment où j'me disais sorti du bois, prêt à faire face, pis l'avenir plus attirant, c'est là que ça m'a frappé une premiére fois.

Un homme de la ville, comme j'en ai connu du temps de ma jeunesse, il est protégé de tout bord, tout côté. Protégé du maudit. Cent fois mieux qu'un pêcheur. Dans le temps, c'était pas comme aujourd'hui, y'avait pas d'assurance. Y'en avait peut-être ben, mais ça nous rejoignait pas. On vivait en prenant les rixes. Le monde, la maison, les animaux, la barque, c'était à la grâce de Dieu. Si le malheur arrivait, on pouvait rien faire aut' que recommencer, que ce soye des bâtiments, ou des enfants. J'sais pas si, à la ville, dans l'ancien temps, ils avaient des assurances : j'parle du jour d'aujourd'hui pour ça. Mais même sans assurance, un homme à loyer, il perd ce qu'il perd, et c'est pas son bien-fonds. Racheter des meubles, c'est moins dur que de rester avec un so-lage, les murs à terre. La barque, c'est du pareil au même.

En par cas, on s'a débouqués des battures envers et contre tous. Florent avait idée qu'on parte. C'était vers le mitan d'octobre, y'avait même grêlé à terre, et le vent soufflait d'èsse hargneux comme une chienne enragée. Le matin de bonne heure, j'avais épié longtemps, dehors, sus le haut de l'accore, en attendant que Florent finisse de manger, dans la cuisine.

Quand il est sorti, il avait l'air joyeux, paré à n'importe quoi.

— Pierre Huneau, qu'il me dit, le temps est salaud, mais ça peut être not' meilleure journée de pêche!

— Si on restait quille en l'air?

— Voyons, voyons, c'est pas de quoi à dire. Faut pas regarder au pire. Ça va être brassant, mais brasser, c'est pas caler.

— Non, mais nous vois-tu en avarie, empennés, pris dans le reflux, avec c'te vague, avec c'te mer? Regarde-la moutonner.

— J'la vois.

— J'sus pas d'idée à m'en aller au large. On pourrait pêcher plus à main, entre les battures et le chenal. À por-tée d'œil, si on est pas à portée de voix.

— Mais qu'y vienne un sursaut de vent, la vague nous porterait vite aux rochers, surtout si on est à l'ancre et pas de temps pour partir le moteur et harper le courant.

Florent avait raison. Mais j'y'en voulais de vouloir démarrer à tout prix. J'arais été d'opinion de rester à terre, mais c'était visible qu'il pensait pas ça.

— On revire? que je crie à Florent.

Il a pas dit oui, il a pas dit non, il s'a emparé de la roue de barre et il a manœuvré le revirement le temps d'un respir.

Mais là, on avait le vent à l'étambot, et on s'a mis à filer sur la mer comme un goéland qui rase la vague. C'était le port de la lame vers la rive et le vent en tourbillons soudains qui nous portaient. On est allés à la côte comme si on était balayés.

J'ai eu beau nourrir le moteur, essayer d'en tirer de la vitesse, de la force et du vouloir, il a pas suffi. À trois quarts de mille on naviguait encore et on arrivait à gouverner un peu, même si c'était à brasse-corps, et à maille-corde des manches de vareuse râpées sus les filins. Seulement, est venue une vague de fond que j'en avais jamais vu de pareille, arrache la dunette, la langue du gouvernail, casse le mât, et là, on devenait fous sus la mer, plus rien pour mener, et en drette ligne sus un cap de récifs trois fois gros comme mon embarcation.

Le dernier coup, ça été quand le vent et l'eau nous ont rabattus sus la pierre et que j'ai entendu ma barge s'éparpailler en dix et cent javelles de planches de bordage cinquante brasses de tour sus la mer.

Le pesant a calé à pic dans une quarantaine de pieds d'eau, nous aut', on s'a retrouvés flottant, mais la force de la mer nous a rejetés sus le roc et on s'a grimpignés amont, hors de portée.

En temps d'homme, tout ça est arrivé en dedans de deux heures. Empennés à huit heures du matin, naufragés à dix heures, et j'me retrouvais p'tit jean, démuni, ma barge une épave, et pas de moyen que j'pouvais voir de rembarquer de sitôt.

Et avec quoi vivre?

Faut dire qu'il bougeait pas, qu'il surveillait la mer goutte à goutte. Il était peut-être en train de virer capot...?

J'ai pas fait à-semblant. Moi aussi j'étais coi, et j'attendais qu'il dise ou dédise. Mais j'ai déchanté, parce que passé un temps décent, il s'a frotté dans les mains:

— On y va, patron? Faut partir si on veut revenir.

J'ai pas voulu passer pour un poltron qui craint l'audace. J'ai pas rien dit. J'ai pas fait voir. À mon idée, j'avais parlé mon saoul. J'avais donné mon court et mon long, et j'étais pas pour porter à la risée en ostinant mon homme de bord. S'il voyait ça étale, autant m'ajuster le regard à sa vision à lui et aller en mer vaille que vaille. La barge était radoubée du mois d'avant, jugée saine de l'étrave à l'étambot, on était en pleine vaillance tous les deux, autant lâcher le filin. Et on est partis.

En dedans de deux grandes battures de roche qui me servaient de rade, la mer était cassée et filait doux. En dehors, le pertuis était disparu et la mer hargnait plus, mais comme c'est de coutume au bord, moins emportée. Il a fallu naviguer trois à quatre milles pour que ça se sente le gros vent. Mais rendu là, c'était moins drôle. Y t'y avait des assomptions d'eau le long des joues de la coque, et biseau sur l'étrave, qu'on en voyait pus ciel ni terre. Ni moi ni Florent, on avait le cœur où les poules ont l'œuf. C'était comme de raison pas habile d'avoir lâché le quai pour un pareil vent d'èsse, et Florent, j'le voyais par son air découragé, était le premier à le voir. Advenant qu'on ancre, ça serait du miracle de bonne sainte Anne qu'on arrive à relever des trolles, tellement la barge était ballottée comme un bouchon de liége.

J'avais idée que si on se décidait pas vite, on serait pantennes avant de crier ciseau.

C'te journée, ça pas été la plus cocasse à connaître. De ma vie, j'en avais eu des dures, mais pas comme celle-là.

Florent, de son bord, avait la fale basse. Moi, j'parlais pas, mais, dire vrai, il pouvait pas omettre qu'il avait poussé rude pour qu'on démarre, et sans que j'l'aie fait voir, il avait dû saisir que j'embarquais sus l'orgueil plus que sus le vouloir.

Un homme atterri, quand il vit du flot; un homme à qui on a arraché l'outil; un homme asséché à jamais: foé d'honneur, un chréquien sans pape!

J'ai vu du noir que c'est pas possible, dans les heures qui ont suivi le naufrage. Y'a fallu d'abord raconter le détail à Geneviève. Elle avait vu, de loin, par la fenêtre de la cuisine. Elle et les filles avaient prié pour not' sauvetage, mais c'était tout ce qui pouvait être fait. Et pis, on a beau dire, on arrache pas le monde de la vague avec des *Ave*. À moins d'un miracle, et apparence que c'était pas le jour pour ça. Le raconter frais arrivé, j'arais des mots plus tristes, de quoi faire brailler le monde, pour tout dire ce que j'ressentais dans l'âme rendu à la brunante. Vu si loin derriére, j'en parle comme d'un drame, mais j'reste plus froid et ça s'comprend. Dans le temps, pour le conter, j'arais été porté à déparler, tellement le choc m'escouait. Aujourd'hui, j'me souviens surtout combien j'me sentais dépenaillé devant tout le monde ce soir-là. Comme un guenillou qui a tout perdu par sa faute. Parce que c'était ça le pire: j'me sentais honteux, coupable, malfaiteur. Y me semblait, par-dessus tout, que si j'arais eu le front, j'm'arais pas laissé amiauler par Florent jusqu'à lâcher l'amarre malgré l'apercevance de mauvais temps. D'autant, par exemple, faudrait pas crère que j'étais prêt à abîmer Florent. Il faisait selon son être, et c'était plutôt un aventureux qu'un coli-fillette. C'était de son âge; mais ç'arait été du mien de résister, ayant droit de patron en plus du droit d'aînesse.

Non, dans tout ça, c'était pas à qui blâmerait l'autre. Même Geneviève avait compris que l'accident, c'était pas seulement d'avoir perdu la barque en naufrage, mais tout autant d'avoir choisi de partir. Un homme qui marche sus la glace vive, les deux talons partent, il tombe, c'est pas à dire la faute à qui. La glace est un accident, marcher là est un accident, tomber à plat dos est un accident. Personne se réveille le matin en disant qu'aujourd'hui il va avoir malheur coûte que coûte. Au lever, il a plutôt l'esprit porté à l'accoutumance, et l'idée est pas à l'accident.

Même malgré l'envie, on a pas braillé ce soir-là. On se regardait penauds, il s'a pas dit trois mots vaillants de toute la soirée. Pour la prière, à part les invocations, on a dit un chapelet de cinq dizaines. Ça été, peut-être, la vraie marque de notre désespoir. J'étais au dernier ainsi-soit-il et on durcissait le mollet pour se relever, que Geneviève a enchaîné:

— Faudrait peut-être dire une dizaine de plus, pour nous porter chance.

Ça m'a porté à ajouter du même respir quésiment:

— Et pour remercier de ce qu'on a eu auparavant.

Dans la chambre, pour une fois, on avait allumé la lampe et Geneviève s'a cachée derriére la porte ouverte du garde-robe pour se déshabiller. Dans sa grande jaquette de flanelle blanche, les beaux longs cheveux sus le dos, elle était belle, et j'étais aise de me sentir là et de l'avoir toute à moi. C'est une femme qui a gardé sa forme toute sa vie. Elle était un pinceau. Une douzaine d'enfants et sauf d'avoir un peu épaissi aux hanches, mais à peine que ça paraisse, elle était comme au soir des noces. Même nourrir les enfants l'avait pas déformée en toute.

J'ai l'air d'en parler comme si j'en oubliais mon mal, et c'est un peu vrai. Ben sûr, j'étais devenu pêcheur sans barge, et j'arais été en peine de parler de remplacement ce soir-là. C'était le pire désastre qui pouvait m'arriver, mais malgré tout, j'restais plus riche que ça se disait, ayant Geneviève.

Pas seulement sa beauté. Y'a plus et mieux chez une femme que les apparences. D'être rien que Geneviève, comme elle était, en deçà et en delà de la beauté, c'était l'important.

C'est à ça que j'pensais en défilant mes chaussettes et mon pantalon. Un homme perd son bien, reste sa femme; c'est pas toujours un bon restant, dans mon cas, ça l'était.

— Geneviève, j'dis, j'pense qu'y faudrait pas se désâmer plus qu'y faut.

Elle a secoué la tête, un peu tristement, et pis elle a soupiré creux. J'étais en grands penmans et j'arrivais pas à trouver ma jaquette à moi dans le garde-robe. J'ai lâché de chercher et j'm'en ai allé m'asseoir à côté d'elle, les bras pendants entre les genoux.

Geneviève m'a mis la main sus l'épaule.

— T'as quoi en poche pour parler de même, Pierre?

— J'sais! Ça ferait pas un gros sac d'écus.

— Pourquoi d'abord on se désâmerait pas? Y'a pas avalanche de monde qui serait capable de se relever facilement, un coup fauché comme on l'a été aujourd'hui. Te v'là à pied sec, te v'là sans moyens. As-tu des miracles dans l'idée?

— On s'a toujours arrachés, même au pire temps.

— Mais c'est pire que pire.

— Oui.

— Vas-tu pêcher en doris de p'tit large?

— Non, ça nourrit pas une famille, même à doubles-trolles.

— Bon, tu vois?

— Geneviève, sans parler de miracle, faut dire que le Bon Yeu ...

Mais elle m'a coupé la parole:

— Le Bon Yeu nous a pas donné l'argent suivant le besoin, jour après jour, il nous a noyé deux p'tits, aussi, il nous a pas réchauffés tous les jours froids.

— Tu perds confiance?

— Oui, et non, Pierre. Le Bon Yeu voit à son affaire: c'est pas toujours la nôtre. Le plus souvent faut voir à not' propre bien-être, sans trop dépendre sus lui. Mais là, j'ai beau me retourner ça en tête, t'as pus de barque, faut en avoir une aut', peux-tu?

— J'sais pas.

— C'est ça que j'voulais dire. On est assis tous les deux dans la chambre, il est proche dix heures; le sais-tu par où passer pour te trouver un chemin? J'ai idée que la breume est ben épaisse.

— J'ai pas pensé encore à un plan.

Elle soupira, allongea les mains devant elle. Y faisait lourd comme j'arais jamais cru possible.

— Allons dormir, que Geneviève dit, les rêves vont peut-être nous donner des réponses...

On s'a couchés, mais on a mal dormi. On s'a pas parlé davantage. Même en sachant que l'aut' dormait pas, on a restés dans not' nous-même.

Beaucoup avait peut-être été dit. Assez en par cas pour qu'il reste d'abord à prouver qu'on pouvait s'arracher, tout advenant.

On s'a levés matin, plus matin que jamais. Pas avoir fermé l'œil, on a tôt vu l'arrivée du jour, et on a pas moisi. Après avoir déjeuné tant bien que mal, à p'tites bouchées, le cœur à l'envers, j'ai rapaillé Florent, on a attelé le cheval à la waguine et on est partis au village.

J'allais pas là un plan en tête. C'était plus au p'tit bonheur la chance, en par cas que rendu sus la place, il me vienne comme qui dirait une idée de pourquoi j'm'arais donné le mal d'aller là, et ce que ça pourrait donner à un homme décontenancé.

Pour nous endêver à bout de cœur, il faisait paisible et beau, avec une mer étale qu'elle avait l'air d'un grand miroir de riches. Du soleil plein le paysage, de la douceur de temps à faire éclore les papillons. Mais on avait pas le caractère à la jouaille l'un et l'aut', Florent et moi. On a tout vu ça, mais on en a pas discuté. Ce qui nous revenait gros comme du péché mortel, c'était le souvenir de la veille, et de ça on était pas aise d'en parler. Ça fait que le voyage a été longuement passé, à jongler de part et d'aut'. Y'avait que le cheval qui se sentait des fringances. Le Tommy, ce jour-là, il marchait pattes hautes et en forçant dans le harnais, les naseaux en avant-garde pour mieux haler le bon air tiède. Jamais j'l'avais vu aussi malvat! On a donc fait du bon temps, sans galoper, Tommy étant de même.

Au village, j'me sentais moins dans les margouilles. J'étais parti sans idée faite, mais à mesure que Tommy nous amenait, quèque chose me brassait au fond de la cervelle, comme une vague idée, et au village, à mesure qu'on avançait vers le centre, ça se voyait mieux dans ma tête. J'avais pu penser, dans la nuit, le noir aidant à sombrer l'espoir, que j'étais drette au fond de Penouil, mais dans le village, plein au jour, au grand soleil, ça regardait ben mieux, et l'idée vague se formait, j'en voyais tout le trait clair et net.

C'est à l'entrepôt de poisson que j'sus allé. J'étais un gros pêcheur selon tout le monde. J'étais un des rares à pêcher à la barge de mer du côté nord. C'était surtout du côté de la Baie des Chaleurs que ça se voyait, des pareilles embarcations, et au Nouveau-Brunswick. Pour le marchand de poisson, j'étais un bon fournisseur. C'était là-dessus que j'voulais discuter.

Dans ce temps-là, c'était pas comme aujourd'hui. C'était pas une coopérative qui transigeait le poisson et soutenait les pêcheurs. On était redevables à des Jersais, les Robin Jones and Whitman, du monde dur à la piastre, dur à la discussion, mais qui savait voir son profit. J'avais connu d'eux aut' que le gérant à Rivière-au-Renard, mais apparence qu'il avait été ben entraîné, la maniére dont tous les pêcheurs en parlaient, et il faisait pas défaut à ses patrons.

En premier ressort, et peut-être aussi le dernier, le voir, lui. De son nom, j'pourrais pas dire. J'ai la vague souvenance d'Omer, et son nom de famille arait été Bigrault ou Bigras. Y'a des fois que la mémoire prend eau, à l'âge que j'ai à c't'heure. Pas surprenant qu'un nom échappe. Même s'il a été important, il parlait pour d'aut', c't' homme-là, pas pour sa poche à lui.

On a amarré le cheval amont la descente jusqu'au quai et au magasin des Robins, et pis j'sus resté là le temps de deux trois bons souffles. C'était pas la fatigue, c'était l'entre-croisement au cœur. L'idée d'angoisse qu'un homme peut avoir si d'adon il joue pour tout dire sa vie.

Imaginez que je puisse pas me greyer de barque, un homme pareillement en démanche peut pas faire long. Vaut presquement mieux mourir. J'étais en doute que le dénommé Omer me rende joie. Florent me regardait chercher le respir.

— C'est ça ton idée? Invoquer les Robins?

— Oui.

— C'est peut-être de te chaîner dur.

— Y'en aurait d'aut' d'invocables? Si t'en connais, c'est le temps de parler.

— Icitte, non.

— Et pis ailleurs, Florent?

— J'en connais pas ailleurs, non plus.

C'était de tirer la courte paille, veux, veux pas. J're-gardais autour de moi, dans le village. Ce que j'voyais, les maisons, le monde, un ou deux p'tits commerces à part le gros magasin des Robins, y'avait pas là de quoi marquer de l'aisance, la sorte d'aisance qu'on peut appeler à l'aide. C'était vraiment les Robins la seule bonne rade en accalmie. Mais entrer là, c'était jouer gros jeu. Avec le rixe de perdre.

C'est Florent qui m'a débouté. J'arais resté dans l'indé-cision une cité de temps, mais Florent m'a pris le bras.

— Faut savoir, qu'il dit. Si ça les adonne de te greyer à neuf et de te mettre sour leurs ordonnances tu le sauras jamais en restant icitte, planté comme un arbre en crois-sance.

— T'as raison.

— Veux-tu que j'aille t'accoter? On est pêcheurs en-semble. Ça pèserait peut-être du bon bord.

Et comme on était pour entrer, Florent me prend le bras, m'arrête et dit :

— J'signerai même conjointement, rapport que j'voudrais reprendre la mer, et j'préfère pêcher à ta main, avec toi.

— C'est ben honnête, Florent. J'arais pas voulu ça.

— Tu l'as pas demandé, j'te l'offre.

De même, on est entrés comme bras sous bras, on dirait. Mais j'me sentais pas faraud. Faraud — j'veux dire — comme un homme en habillement de magasin, chapeau à bourdalou sus la tête, comme on en voit à la messe du dimanche à la ville. Ces gens-là, ils ont d'habitude que c'est une accoutumance, quèque chose qu'on a pas souvent : ils sont fiers d'eux aut'-mêmes. Moi, la journée de mon invocation, j'me sentais pas fier. J'me sentais chaud du cœur rapport à ce que Florent avait offert, ça, vous pouvez en être sûrs. Mais comment être fier, pêcheur à demande depuis si longtemps, pis naufrager par manque de narfs pour refuser de sortir, ou par orgueil de montrer sa peur, qui est plus de la prudence que de la poltronnerie ? Vous comprenez ?

À un homme comme Omer, le gérant des Robins, c'est moins facile à parler qu'à un pur ignorant de la pêche et de la mer. Mais Florent m'entraînait, lui aussi voulait qu'on en vienne à se brancher. On est finalement entrés dans le bureau du gérant, moi le premier, poussé par Florent, et lui à un pas derriére.

La nouvelle était déjà rendue, j'ai pas eu à raconter le naufrage. J'avais pas souvent parlé au gérant. Quand j'venais avec mon poisson, ça se faisait toujours vite, avec l'homme d'entrepôt. On pesait, il me donnait le papier, et au premier du mois, j'avais mon argent, moins nos achats au magasin et le fourniment de pêche dont j'avais pu avoir besoin. Mais ça se faisait par-dessus le comptoir, et j'avais parlé à Omer une ou deux fois, et jamais par affaire. Mais là, j'me trouvais dans son bureau, d'homme à homme, et c'était par grosse affaire: j'arais facilement dit que c'était l'affaire la plus grosse et la plus grande de toute ma vie.

Ma belle partance, les années de dure tâche, mais de l'acquêt au boutte, quand ça serait que faire vivre et survivre ma famille, quand ça serait rien que ça! Avoir maison et barque, un engagé sérieux, des beaux enfants normaux, un p'tit troupeau, un peu de récoltes pour le nourrir et nourrir la famille, de quoi s'habiller chaudement et ben dormir, j'pense que c'est beaucoup. Et que ça s'envole comme une fumée un jour que la mer hargne et le vent démâte les barques, c'est pas pour donner confiance. J'avais la tête pleine de tout ça quand j'étais assis devant Omer, Florent de travers un peu à moi, sus une aut' chaise. J'me sentais creux, j'arais dû être pâle.

— T'as eu la mauvaise aventure hier, qu'Omer dit.

— Pour dire, monsieur Omer, j'perds toute ...

— Te v'là dans les monsieurs gros comme le bras à matin?

J'ai pas répond du souffle; ça me prenait de ruse, qu'il parle de même. C'était un homme réputé sec, mais tout d'un coup il parlait presquement doux, et son visage montrait de la pitié. Franchement, ça m'a démanché.

J'savais plus trop quoi dire, j'étais écrianché d'émoi.

— Comme ça, vous avez su?

— Oui.

— Les nouvelles courent vite.

— Ça vient du postillon. Il est placé pour renseigner à

mesure. C'est ben dommage pour toi ce qui t'arrive. Mais peut-être que ça peut s'arranger.

Du coup, le souffle me manquait. Moi qui m'étais fait des chiméres depuis la veille. J'étais même venu au village en plein désespoir, et ça m'avait pris mon raide pour me décider. Pis ça s'en venait étale que j'pouvais pas le crère. Il avait ben dit ça: il avait ben dit que ça pouvait s'arranger. Venant du gérant des Robins, c'étaient des grands mots. Florent me regardait tout joyeux. Il devait se souvenir que dehors, j'serais quésiment mort dret là, tellement j'étais sûr que j'venais icitte pour rien. Voyez-vous, les Robins avaient réputation d'être coriaces comme de la rouche. On payait cher pour le fourniment et la marchandise de magasin, et on était payés pitance pour le poisson. Mais ils étaient les seuls vendeurs, ou presque, et certainement les seuls acheteurs de poisson. Ça donne pas gros choix. Par accident que t'es dans le besoin, par exemple, ça pousse pas un homme à aller chercher secours dans une pareille place.

Pis v'là que le dénommé Omer parlait ben différent. Il parlait même d'arrangement.

J'm'ai redressé raide sus ma chaise. J'avais l'impression qu'on allait finir par voir le boutte.

— Comme c'est là, qu'Omer dit, t'es un bon pêcheur, c'est connu, mais t'es à pied sec.

— Oui, c'est ça. Et c'est pas drôle, quand j'pense au temps qui vient. Moi, j'sus accoutumé à pêcher comme un chien à aller nu-tête. Quoi faire autrement?

— T'es pas dégoûté de la pêche?

— Non, monsieur Omer. J'sus encore sus mon élan. J'ai pas liesse de me mettre en démarche pour changer de métier.

— Tu pêcherais encore au large, comme t'as toujours fait?

— J'ai ambition de plus de poisson, et de poisson plus gros. J'ai toujours mis cap sus le large, j'me dédirais pas depuis tout le temps que j'le fais, monsieur Omer.

— Donc, une barge de mer.

— Celle que j'avais travaillait dur, et elle travaillait ben. J'penserais pas recommencer autrement.

— Ben entendu, t'as pas d'argent sonnant.

— Avec ce que j'ai dans mes poches, j'pourrais vivre un aut' mois, mais faudrait rentrer les coutures et ménager le gras à soupe.

— Donc, tu parlerais affaire?

— Monsieur Omer, si c'est d'adon avec ce que j'peux faire, j'sus plus que prêt à parler.

— J'penserais que ça peut t'adonner. C'est simple, on a une barge à l'amarre, tu peux la prendre et partir en pêche demain matin, si tu veux. On se paiera à même le poisson.

J'sentais Florent, de biais, qui avait l'air de faire des signes. J'ai jeté un coup d'œil comme distrait dans sa direction, l'ai vu qui paupillait des deux yeux. C'était assez clair pour que j'me redresse, que j'me dérhume la gorge et que j'dise au gérant:

— Partir de même, c'est tentant, monsieur Omer, mais j'aimerais que ça soye clair sus papier signé, pour le paiement en poisson. L'adon que j'disais, c'était de voir aux besoins. J'aimerais assavoir ce qui me resterait, vot' part prise.

J'ai pas aimé que le gérant fasse le penseur, les yeux plissés, la bouche serrée, en regardant ailleurs. Finalement, il a semblé avoir décidé. Il parlait moins doux qu'avant. J'pense que j'l'avais un peu trop poussé dans le coin. Mais j'pouvais pas faire autrement. Les affaires à moitié faites sont mal faites. J'pouvais pas non plus sacrifier mon droit de vivre par reconnaissance envers les Robins.

— Les bons comptes, que j'dis, font les ...

J'ai pas eu le temps de finir mon dicton que le gérant me coupe, le geste de la main clair comme de l'eau de roche :
— Bon, ça va, qu'il dit.

Le cœur m'a guerlotté dans l'giron que j'pensais mourir du coup. C'était Omer le plus fort, à lieur de me montrer du papier ben écrit, il pouvait tout aussi ben me montrer la porte. J'serais sans barque, mais y'avait pas, lui, manque de pêcheurs pour emplir ses hangars de poisson. Moi mort, pour dire, la vie continuait. Le pêcheur est mort, vive le pêcheur. Un tour de crasse de même, il était posté pour le faire, et moi, j'avais guère pour la riposte.

En par cas, la lumière est revenue vite. Omer sort un papier de son tiroir, trempe une plume dans l'encrier, et se geste prêt à écrire :
— C'en est un papier clair, comme t'en veux un. J'mets ça à neuf par cent de ton poids de pêche, sus le marché du moment, moins ton dû au magasin, et un intérêt de deux par cent l'an pour la balance de chaque mois, carculé jour par jour. J'te chiffre la valeur de la barge gréée, moteur, voiles, lignes, trolles, apçons et outillage, à neuf cent piastres du Canada, clair de lien sauf le nôtre. Le prends-tu ?

J'ai, moi aussi, regardé ailleurs, le front plissé et la cervelle à la tâche, à voir l'acquêt possible. Ça arrivait pas mal comme j'le voulais. Faut crère que Florent carculait pareillement, parce que not' regard s'a mêlé, mon engagé m'a fait oui de la tête, et j'ai topé là avec Omer.

Il a mis un temps à brouillonner son idée, pis il a fait venir un des teneurs de livres qui travaillaient à la grande table penchée, accrochée au mur. Il devait avoir son accoutumance à ça, parce qu'il est revenu pas longtemps après avec le papier écrit d'une belle main ronde, avec des fions, et les commencements de ligne en majuscules hautes, à l'encre rouge. C'était un ben beau papier, qu'un chacun avec de l'école pouvait déchiffrer, tous les mots tels qu'Omer les avait dits avant. Le commis en avait fait deux copies, par-dessus le marché. En si peu de temps à part ça. Des hommes de talent de même, c'était rare. J'en voyais un pour la premiére fois. J'ai su plus tard que c'était un neveu du curé qui s'avait rendu presquement à la tonsure, au Grand Séminaire à Québec, et il arait laissé pour raison de santé. Pas surprenant qu'il ait pu avoir une si belle main: étant allé pour devenir un monsieur prêtre et, sait-on jamais, peut-être un évêque. En par cas, c'est lui qui a tracé le papier de ce temps-là, un papier que j'traîne encore dans mon coffre, vu que des affaires de même, ça reste dans l'idée pour toute la vie, et advenant que la vieillesse me fasse perdre le ronge, j'arais toujours le document pour me secouer baque.

On a signé chacun de son bord. Florent a offert sa signature à lui, mais Omer a fait la grimace.

— J'aime pas l'idée, qu'il dit. Mais t'es devenu connu, Florent, et le jour eyousque tu voudrais voler de tes propres ailes, si t'es marié logé sous ton propre toit, avec une bonne amarre riveraine, on pourra discuter.

J'arais pu craindre un moment, vu la dorure d'une pareille offre pour Florent, mais la mention du mariage m'a redonné du souffle. C'était une condition trop dure pour mon homme. Il resterait content avec moi. Ça fait que, un portant l'aut', on s'en tirait pas mal.

J'ai pas retourné fale basse à la maison, j'vous en réponds! Les quatre milles, on les a faits d'une seule bauche. Tommy, fringant le matin, amarré deux heures de temps, il avait le grésillement aux pattes, et c'te fois-là, j'ai pas halé le mors. Tu veux y aller, Tommy, vas-y! Pour un vieux gros cheval pas ambleur, pas trotteur, pas galopeur, il a tenu du temps qu'on en avait les yeux comme des soucoupes. A mi-chemin, Florent dit:

— Ma foé d'gueux, un cheval en sait des fois plus long que nous aut'. Regardes-y la queue.

Ça valsait d'un bord et de l'aut', les sabots pétaient sus la gravelle comme de la grêle, et à tout moment Tommy vous garochait des hennissements à craquer les cailloux. Florent avait peut-être raison.

— J'te dis, Pierre, il en savait long à matin d'la maniére frivole qu'il s'a en venu au village. Pis là, tu peux dire qu'il a l'air d'un cheval heureux qui fête à plein. Regarde-le.

Dans un pareil équipage, on est vite arrivés à la maison, et on en avait une avalanche à conter. Savoir comme Geneviève était heureuse! C'était pas possible de voir une femme souriante de même.

— Tu dois être content, Pierre, qu'elle dit à la fin.

— Pas plus content, mais pas moins que toi, que tout nous aut' ... D'autant que j'sus allé voir la barque qui m'est laissée, et elle a vingt pieds au moins de plus long que la mienne avait. On va pouvoir aller sus les bancs du Labrador pour troller, ça va remonter à la tonne.

— Rêve pas trop, que Geneviève dit, attends que ça arrive.

— Oui, t'as raison. Mais j'peux pas me défaire la cervelle, m'ôter la folie de là-dedans. J'vas rêver en silence.

Tout le monde riait.

Ce soir-là, Geneviève a fait de la fantaisie. On avait une fesse de cochon braisée qui pendait dans le hangar depuis longtemps. On la gardait comme en-cas. Elle l'a mise au fourneau, on l'a mangée toute la famille, avec des patates jaunes, du chou d'hiver venant du cavreau, des navets et des carottes. Pour boire en mangeant, on a déterré une cruche de biére de bébites que Florent et moi on avait faite un peu après Pâques, et on l'a baptisée de gros rhum de marine qu'on achetait chez les Robins pour la pêche au grand froid. Avec ça, on se faisait des ponces chaudes avec de l'eau bouillante du canard sus le poêle à naphta à bord de la barque. Une fois baptisée, la biére était de la sorte qu'il arait fallu boire au poney, mais qu'on s'est engorgée à grands tombleurs, Geneviève pareillement, et même Rita, pour une fois. Les enfants ont été couchés de bonne heure par Angèle, et nous aut', pas habitués à boire qu'on était, ça l'a pas pris goût de tinette qu'on a monté, chacun de son bord, et j'peux vous dire que c'te nuit-là, c'était pas comme la nuit d'avant. On a dormi.

On a dormi jusqu'au tard du matin. Y'était venant sept heures quand j'ai fini de boire les deux tasses de café qu'il m'a fallu pour m'éclaircir les idées.

Après, Florent et moi, on est repartis, mais à pied pour les quatre milles, c'te fois là, rapport qu'on reviendrait marins, naviguant la nouvelle barque.

On a amarré à la maison vers cinq heures de l'après-midi, vu qu'y' a fallu embarquer le grément qui manquait, du fourniment, des provisions de bouche pour la maison et une charge de sel pour apprêter not' futur poisson.

Mais à cinq heures, on était là, le sourire aux lèvres, le cœur content. On venait de passer un ben dur moment, mais tout s'arrangeait, y' avait pas manque d'augures pour dire qu'on pourrait se remettre à escalader, si on se faisait aller les bras et le vouloir sans gâchillage.

Pis ça, on était ben résolus, Florent et moi. Tout se ferait, pis garde à ce qui viendrait en obstacle. On ferait pas laid et on faignanterait pas. C'était comme si on partait à neuf. Avec une plus grosse barque, ça serait pas long que le dû serait payé chez les Robins. Eux aut', ils verraient du monde adonné à l'ouvrage!

(Ce que j'savais pas dans le temps, c'était qu'un contrat comme le mien, y'avait jamais de fin. J'arais ma vie durant à payer. Soit que leur carcul de pêche soye pas égal au mien, soit que mon poisson soye déclassé même beau, ou encore que les hardes achetées là, ou les provisions de semaine, coûtent trois fois le prix courant. Mais c'était écrit en toutes lettres dans mon entente que j'pouvais pas vendre mon poisson ailleurs, ou acheter mon besoin ailleurs. J'étais chaîné comme un bateau de mer au quai, pas moyen de me défaire, pas moyen d'aller plus loin. Mais ça, y'a fallu un temps pour que je le découvre. J'ai pas attrapé le caquet bas dret là, et j'ai eu mon aise de content avant de déchanter.)

Donc, personne a flâné le temps suivant. Dès que j'ai eu ma barque, j'l'ai vérifiée pour les voies d'eau, c'est un ouvrage à faire quant à soé, sans se fier aux aut'. De même pour la santé des courbures, des longerons, des poutres de pont et des attaches. Ça vu, et ben vu et que j'pouvais prononcer mon embarcation solide et saine, et on a pris la mer au premier matin.

La vie a continué. La vraie vie, j'devrais dire. Les p'tites heures que j'ai passées me sachant maître de rien, la barque en épars et sans argent pour renaître, ça m'avait été un coup assez dur pour que dans mon âme il se produise comme une grande gorge vide, une sorte d'abîme séparant le passé du présent. J'pense que dans ma nuit d'insomnie après le naufrage, j'ai perdu la pensoire pour un bon boutte de temps. C'est peut-être pour ça que j'me sus embarqué avec les Robins, sans trop réfléchir, sans chercher un aut' moyen de me sortir du pétrin. Y'a pas rien qu'un chien qui s'appelle Pataud, en prenant mon temps pour faire le tour, j'm'arais trouvé d'aut' appuis. J'ai su plus tard que du côté de Gros-Morne, dans la belle-famille, il se serait trouvé des prêteurs sans histoire. Mais allez me blâmer d'avoir voulu en sortir au plus coupant. C'est vrai, ce que j'disais, c'est une question de pensoire. Moi, j'l'avais dénaturée par le choc.

Le pire, c'est que c'était faite et pas à défaire.

Mais on peut pas pleurer sus la caille des mois de temps. Faut venir à agir comme si rien s'était passé.

On a fait ça.

Et à la fin des fins, le roule des jours a repris. Sauf aux comptes du mois, j'arrivais à ras d'oublier les Robins, la plupart du temps.

6

Franchement parlant, avec la grande barque, la pêche a été meilleure. C'était surtout qu'on craignait moins le gros temps, on s'ancrait là eyousque des fois j'avais hésité à le faire avec l'aut' barge; on s'aventurait plus loin aussi, et finalement on frappait des meilleurs bancs de poisson. Et pis, ayant plus de place, on allait jusqu'au boutte de not' temps, on rentrait à plein bord. Pour tout dire, on prenait de la touée, on se sentait pas retenus, et le poisson était à la tonne plutôt qu'à la boîte. Même que, dans le bon temps des trollées, ni Florent ni moi, on arait pu grimoner sus le rendement.Ç'arait été plus plaisant de l'avoir clair à nous aut', mais tel que c'était, on vivait mieux que j'arais cru, et fallait pas se plaindre.

Le temps a passé, et j'étais tout attentionné à mon affaire, pis un soir, dans la chambre, Geneviève me fait signe du doigt sus la bouche qu'il fallait pas parler fort, elle m'amène m'asseoir à côté d'elle sus le bord du lit.

— Tu vas pas ben prendre ça, ce que j'veux te dire,

mais c'est important. Pis c'est sérieux, c'est pas une gobette. Le cœur me dévirait. Geneviève était pas bavasse. Si elle avait c't'air-là, c'était grave.

— Quoi qu'y'a donc, ma femme?

— As-tu remarqué l'air de Rita ces temps-ci? Pis pas seulement son air à elle, mais celui de Florent?

Ma franche vérité, j'avais rien remarqué. C'est vrai qu'on pêchait dru, on revenait morts le soir, et on travaillait chacun not' joue de barque. Usuellement Florent à tribord, moi à babord. Le poisson donnait assez qu'on revenait pleine charge, et sans avoir jacassé gros dans la journée. Pis le soir, d'abord que c'était le mois d'août, on se mettait sus la récolte dès l'amarrage, pour rentrer un peu de grain en grange. J'avais vraiment rien remarqué.

— Une femme, qu'elle dit, elle voit des choses. Elle sait quand il se passe de quoi.

— Qu'est-ce qui se passe?

— Rita.

— Oui, mais quoi? Comment?

— Et pis Florent. Y'a lui aussi, Pierre.

Le temps, comme j'ai déjà dit, avait passé. Rita était rendue proche dix-sept ans. C'était une belle fille, ben faite, la mine ouverte, pis pas froid aux yeux. Mais Florent?

— À son âge, Florent, que j'dis. Y penses-tu, ma femme?

— Il est pas si vieux.

— Dans les quarante ans. C'est pas jeune pour se mettre à penser à mal, quand on a été tranquille comme il l'a été depuis si longtemps. Quoique ça, c'est pas l'Évangile ...

— Non, c'est pas l'Évangile.

— As-tu 'surpris de quoi, Geneviève?

— Non. Mais j'leur vois l'air. C'est de ça que j'pars.

— Me semble que Florent toucherait pas à ma fille. Il arait de la doutance de le faire. C'est pas dans ses maniéres avec nous aut', quand même.

— Non, j'sais ça, Pierre, mais Rita est une belle fille rare, et Florent, c'est rien qu'un homme.

— Ah! oui, ah! oui.

— J'attendais le moment pour t'en parler. Faudrait ouvrir l'œil, tâcher d'empêcher qu'il se fasse malheur. Moi, j'vois Rita, ça trompe pas beaucoup, le nouveau regard qu'elle a. Y'a pas de fumée sans feu.

— Tu crérais que c'est arrivé?

— Peut-être pas, mais elle y pense tellement que c'est presquement du pareil au même.

— Mais eyousque ça se ferait, quand?

— T'entends ben du ravaud quand quelqu'un marche nu-pieds, dans le cœur de la nuit?

— On sait ben, mais Angèle qui couche avec elle?

— Angèle aussi commence à se sentir. C'est pas loin de ça être complice de sa sœur.

— Elle irait trouver Florent?

— Oui. Avec son équarriture, il risquerait de faire craquer le plancher, ou l'escalier. Dans le fond de sa chambre, dans le pignon du bas-côté, c'est plus tranquille. Les jeunes à côté dorment dur ...

— Qu'est-ce qu'on va faire?

— Surveiller.

J'étais pas aise. J'avais crainte de trouver la vérité. Pis, il me semblait que c'était charlander Florent. J'avais l'impression d'aller me mettre en entremi là eyousque j'avais pas d'affaire. Mais le plus fort l'emportait, et le plus fort, c'était la morale de ma fille.

— C'est bon, j'vas épier.

— C'est de la prudence, que Geneviève dit .

J'arais volontiers caillé dret là, j'étais tant fatigué. Mais les récits de Geneviève me laissaient pas attendre et j'ai décidé que ça serait le soir même que ça devait se faire.

J'ai descendu en pieds de bas. J'ai pas dû faire plus de bruit, qu'une mouche au plafond, tellement j'm'ai donné mille sortes de précautions. En y allant, je jonglais dans ma tête la meilleure place pour me blottir, et j'ai conclu que, de toutes les cachettes, c'était derriére le gros poêle à trois ponts qu'on avait dans un coin du bas-côté. C'était pas le temps de l'année pour chauffer, autrement ça serait pas restable dans ce réduit. La fonte du poêle vient pas loin de rougir, quand on le chauffe à plein, les cuisses ouvertes et la tire libre.

Tapi là comme un renard dans un chemin de lièvre, j'pouvais tout voir ce qui viendrait à se passer. J'me sentais pas heureux, et pis j'aimais pas faire pareille chose à Florent, mais j'avais pas le choix. Me dédire, fallait que ça soye avec du raisonnement. Le premier qui venait à l'idée, c'était que Rita était assez vieille pour savoir ce qu'elle faisait. C'était pas un raisonnement valable. Faut pas ôter le carcan à une bête qui a pas assez de génie pour craindre les bourbiers. L'aut' façon de voir, c'était de penser que tout ça pouvait mener au départ de Florent, et que j'serais démanché d'être tout seul. Et pis de même, c'était de faire passer la piastre avant la moralité, faut crère. J'pouvais pas faire ça. En conséquent, j'm'ai introduit derriére le poêle et j'ai attendu.

Y' était proche onze heures quand j'm'ai mis au guet. Y'a pas été long qu'y'est arrivé de quoi. C'était pas un soir de lune, mais c'était sans nuage dehors et on peut pas dire autrement, les étoiles font de la lueur. C'était noir profond dans le bas-côté, mais le regard habitué, on pouvait arriver à pas mal distinguer. Les yeux écartillés, j'fixais surtout la porte qui allait dans le corps de la maison. Y'avait une marche au seuil, et c'était le rare chréquien qui arait pu passer là sans poser une seconde. Mais Rita avait marché si légeartement que j'ai été pris par surprise de la voir arriver tout d'un coup, dans sa grande jaquette blanche. Elle a pas moisi dans le cadrage. Sitôt là qu'elle enfilait déjà dans l'escalier du pignon. J'ai entendu déclencher la porte en haut, un p'tit bruit de rien, puis reclencher. C'était faite, elle était là, pis Geneviève avait raison, dans la chambre de Florent!

J'ai attendu, j'm'ai pas jeté à la course en haut. Valait mieux les prendre vraiment sus le fait. Mais l'impatience me teurdait comme un ver à chou. L'impatience, la colère et pis — aujourd'hui j'me rends compte que ça peut être possible — la jalouserie.

(C'est un monsieur prêtre qui me parlait de ça une fois. Un aumônier dans le passé, qui avait été longtemps dans un couvent de filles, et paraît-il que c'était la sœur supérieure, une femme instruite rare, avec des grands diplômes, qui disait une chose de même. Ça vaut pour le pére et sa fille, ou la mére et son fils. Surtout les plus vieux de la famille, ou les plus beaux, ou les plus avenants. Paraîtrait-il que c'est prouvé par les gens qui étudient ça et qui l'ont écrit. C'est certain qu'il faut pas tout crère ce qui est écrit dans les livres, surtout les livres profanes, mais quand un monsieur prêtre dit que c'est vrai, là faut le crère.) À jongler à ce soir-là, comme j'ai eu maintes fois pour le faire, et en pensant à ce que disait l'abbé Beaumier, j'vois que j'étais aussi jaloux que mortifié. Ce qui était choquant, c'était que tout se soye passé sour not' nez sans qu'on s'en aperçoive. Avant que Rita soye d'équerre pour aller dans la chambre de Florent, un homme qui arait pu être son pére, y' avait fallu qu'ils s'en parlent un peu. J'veux dire qu'un homme demande pas à une fille de but en blanc de monter à sa chambre. Mais j'avais beau me creuser la tête, j'me souvenais pas de les avoir vus ensemble tant que tout ça. Ça leur arrivait, le dimanche en revenant de la messe, d'aller se balancigner sour les deux ormes en face de la maison. J'avais fabriqué une balançoire à bancs et on prenait l'ombre des fois, rarement qu'on avait de l'aise, et surtout pour observer le dimanche. Moi, j'restais pas longtemps. J'profitais que Geneviève quittait pour préparer le repas à la cuisine, et j'allais parler avec elle. Mais dehors, les enfants se couraient tout partout, ça jouait, ça criait, me semble que c'était pas propice à avancer les affaires d'un gars qui a l'idée de faire la cour. On dit ça, pis c'est chanté dans ben des chansons, que le goût d'un gars qui pense aux amours est pas dérangé par rien. Fallait pas, pour qu'il puisse conter sa romance à travers un branle-bas de même !

J'avais beau penser, j'me souvenais pas de les avoir vus tellement ensemble en d'aut' temps. Pour être bons amis, ils l'étaient depuis longtemps. Quand Rita était p'tite, c'était visible que Florent avait un faible pour elle. Plus tard, devenue grandette, il lui parlait plus volontiers qu'il parlait aux aut'. Pis ces derniéres années, ils s'étrivaient à table que c'était pas possible. Des fois, Rita lançait des choses méchantes, du dire qui choque un homme. Jamais Florent faisait même voir. Mais j'vois ben aujourd'hui que Rita le provoquait, ce qu'elle arait pas dû faire.

C'est ça qui me torturait aussi, j'reviens à ce que j'disais avant : Florent s'attaquait à une fille qu'il avait vu naître, qu'il avait bercée bébé dans ses bras. Il l'avait même changée de couche, dans les tout premiers temps, quand Geneviève avait pas encore ses accoutumances à tenir maison, avec un jeune au buveron en plus.

Me semblait que c'était pas naturel, que c'était plus offensant que si Florent avait été un pur étranger, un venant arrivé de la veille. Il les avait tous vus grandir, il les avait pour ainsi dire élevés autant qu'on l'avait fait, pis là, le bébé d'autrefois était rendu dans son lit, j'arais gagé.

J'en pouvais plus, j'sus monté.

J'avais fait une grande fenêtre dans la chambre de Florent, plus grande qu'ailleurs, la lune s'avait levée en premier quartier ; c'était pas un flot de lumière, mais c'était plus clair qu'en bas.

Quand j'ai ouvert doucement la porte, j'les ai aperçus sus le lit qui gigotaient. Ils étaient pas tout nus. Florent avait gardé ses penmans, et Rita était en jaquette. Mais à voir le jeu de mains de Florent sour la flanellette, pis le gigotement tel qu'il était pour les deux, Florent pardessus et Rita pâmée en-dessour, que les deux soupiraient fort et grognaient, y'avait pas d'erreur possible, c'était rendu au péché, et Rita mentirait en se mariant en blanc.

Le reste se raconte vite. J'ai toussé dans la porte, et les deux ont revolé en l'air d'étonnement, et ça été le temps d'un respir que c'était debout à côté du lit. J'ai pas charadé Rita, c'était pas le temps.

— Va-t'en à ta chambre, ma fille.

À Florent, j'ai rien dit. Rita s'en allait, mine de carême, j'la suivais, Florent parle :

— Aye, Pierre, j'peux dire de quoi ?

J'ai pas répond là-dessus. Plutôt j'ai dit :

— Demain matin, j'verrai à toi, renégat. Ça manquera pas.

J'ai clenché la porte et j'sus descendu. Rita avait dû courir comme une belette, quand j'ai passé le seuil du bas-côté j'ai entendu sa porte à elle qui refermait. Ça fait que j'sus monté retrouver Geneviève.

Dans la chambre, y'a fallu que j'lui annonce la nouvelle. D'autant plus qu'elle avait eu l'œil vif en apercevant les révélations dans le visage de Rita et elle s'avait pas trompée. J'étais fier du talent de ma Geneviève, mais c'était pas plaisant de lui annoncer qu'elle avait eu raison.

Donc, j'lui ai narré ça comme j'l'avais vu.

— Et y'avait pas d'erreur possible ? Il devait faire sombre, peut-être que c'était surtout des minoucheries, avec plus d'affection que de cochonnerie de la part des deux. J'veux dire que des gens se colletaient un peu, comme en jouant. C'est malsain, c'est sûr, mais ça va pas obligatoirement jusqu'au péché.

— Tu veux les excuser ?

— Non, non, c'est pas ça. Mais avant de parler de péché grave, me semble qu'il faut être sûr.

— Florent fouillait dans la grande jaquette de Rita, il était couché sus elle et se faisait aller. Elle était pâmée, j't'en réponds. Pis, quand il s'a relevé vite, il avait ça sorti de son penmans. C'était de l'outillage ben paré, j't'en passe un papier … J'tenais pas la chandelle et c'est juste, oublie-le pas. Ils m'ont pas entendu venir, ni ouvrir la porte.

— Comme ça, c'était le vrai péché?

— Le vrai péché.

Y'a fallu que Geneviève vienne à le crère, ça fait qu'elle a pleuré.

— Ma pauvre p'tite, ma p'tite Rita. Me semble qu'elle était fillette hier encore, la v'là débauchée.

Là, elle s'a redressée, méchante, parée à mordre.

— J'espère en par cas, que Florent va avoir une sérieuse plâmusse de toi. Tu peux pas laisser ça de même!

— C'est pas mon intention.

— Pis va falloir qu'il fasse honneur. Enterci qu'on sache si Rita va porter des conséquences, assure-toi qu'il va pas renéguer sus son devoir d'homme!

— J'y verrai ben..

Au matin, après avoir ben mal dormi, ça s'dit pas, j'comptais presque trouver la chambre de Florent vide, et lui parti avec ses hardes et son butin. Mais il était là, caduc, le menton bas et pas pantoute parlant.

Geneviève aussi avait la mine plissée, et faut pas oublier Rita, qui avait pas l'air de s'amuser. On a nourri la nichée, pis comme c'était beau temps beau soleil, dehors tout le monde et on se fait face! Même Angèle est sortie, chargée par sa mère de surveiller la marmaille, soi-disant, mais c'était pour pas lui choquer les jeunes oreilles, si par cas ça discutait à mots francs des ébats dans le lit de Florent. On avait pas à s'inquiéter, c'est pas venu à ça. On a même pas eu à parler fort, on a pas eu à parler un mot. C'est Florent qui a cassé la glace de lui-même.

— C'était, qu'il dit, dans not'idée de se marier. Ça l'est toujours, ça l'est plus que jamais.

Quoi répondre ? Geneviève autant que moi, on était gelés d'étonnement. C'était ben le dernier ressort à penser. La veille, j'veux dire dans la nuit, avant de chercher sommeil, j'avais dit à Geneviève :

— Quitte-moi faire, j'vas parler sec demain. Ça va se mettre étale, tu vas voir.

Ensuite, on avait dit un chapelet rosarié tout bas, pour demander pardon au Bon Yeu du péché de Rita, et on s'avait tourné dos pour attendre le p'tit matin. Mais j'étais loin de penser qu'à lieur de courroux, on parlerait mariage. C'était ben la derniére chose. Ça fait d'inque, pris pour pris, j'aimais mieux un tel piége que les aut' amanchures qui me venaient à l'idée toute la nuit : renvoyer Florent, mettre Rita en pension chez les Sœurs, faire une guerre à tout casser ... non, ça devenait une risée !

— Le mariage ! que Geneviève dit, le visage étonné. Le mariage pour vrai ?

Florent fait grand oui de la tête.

— Le mariage.

Si on avait pensé ça.

— À savoir, que j'dis, si Rita est blette ...

C'est Rita qui répond :

— Plus que blette. On en parle, Florent et moi, depuis que j'ai l'âge de me sentir. Même avant, moi, j'y pensais.

Avait fallu, foé d'honneur, qu'on soye aveugles de tout bord, tout côté, Geneviève et moi. Sourds par surcroît ; jamais on en avait eu connaissance.

— Moi, dit Florent, comment voulez-vous faire? J'vis près d'elle depuis sa naissance, on se parle, on joue ensemble, on va marcher, on est amis depuis qu'elle sait parler. Comment voulez-vous faire?

Et il ajoute, avec un p'tit sourire croche:

— On se cachait, ben sûr, on attirait pas l'attention, mais j'en étais venu à prier saint Antoine que tu viennes ouvrir la porte, Pierre. Ça surprenait, hier soir, mais c'était quésiment moins gênant que de parler mariage de but en blanc, vu mon âge.

— Oui, vu ton âge, que j'dis.

— Laisse donc faire, Pierre, que Geneviève dit.

— J'sus femme, nous lance Rita.

— Pour ça, tu l'es à c't'heure, ma fille.

Même si ça semblait pas faire l'affaire que j'continusse, j'ajoute à Florent:

— Faut penser à l'âge, faut y penser. Tu la doubles facilement, même plus.

— Oui.

Geneviève hausse un peu les épaules:

— Y'a du rixe, Pierre, à ce qu'un homme marie une p'tite jeune fille. Mais les rixes sont de son bord à lui, surtout, moins pour la fille.

— Moins pour la fille? Voyons donc!

— Ça se voit en masse, des mariages de même qui marchent. J'en connais, t'en connais peut-être, toi aussi. Laisse Florent prendre sa chance.

On l'a laissé prendre sa chance, comme Geneviève disait. On a laissé Rita voguer aussi, à son vouloir. Et pis on les a mariés venant le déclin d'octobre, le haut de la pêche fait, et la morte-eau du mitan de l'automne à son plus étale. On a écouté personne de ceux qui parlaient contre, on s'a bouché la pensoire, les yeux et les oreilles, et on a fait la noce. J'veux dire la vraie, avec un violoneux, un accordéon, la mandoline du vicaire, et pas mal de gallons de miquelon en provenance des Iles, qu'un dénommé Babin trafiquait up and down dans tous les villages de la côte, et selon le besoin.

Une belle grande noce qui a duré deux jours et une nuit, ben du monde paqueté, moi pareillement, une ou deux p'tites bagarres, du braillage de femme, des bonnes farces, du rire, de la danse en masse; et tout et partout, une belle noce, et au plus beau temps de l'année: l'été des Sauvages.

Au bout de deux ou trois mois, y'a ben fallu se rendre à l'évidence, Rita achèterait pas, elle avait eu beau faire des folleries avec Florent, elle était pas partie, elle attendait rien. C'est venu, m'en vas essayer de me souvenir, dans les sept à huit mois après le mariage. J'sais pas si c'est Rita qui était pas prime, ou Florent qui avait de la miséré à démarrer, ayant été si longtemps tranquille que la rouille avait pu se mettre là, en par cas, on a pas été grands-parents dret là, et y'a fallu doubler les Fêtes de l'année suivante ben à plein, venir presquement à l'été avant que Rita vienne en douleurs. Un beau petit-fils, en santé, solide, qui braillait la nuit à ameuter le pays.

On grimonait pas, Geneviève et moi. Le contentement de se voir continués de même, ça efface les agacements.

Pas longtemps après, Geneviève en a eu un aut'. C'était arrêté depuis six ou sept ans, mais c'est venu sans qu'on s'y attende. J'sais pas si c'est l'émotion de Rita, ou quoi, mais nous v'là avec une aut' fille. «Une de perdue», que j'disais à Geneviève, «pis, tu vois, une de retrouvée».

C'était beau à voir, deux jeunes méres, on peut dire, dans la maison. Du lait en masse toutes les deux, au point que selon l'occupation de chacune dans l'ouvrage, j'les voyais s'échanger les bébés au besoin. C'était beau de les voir. Chacune qui nourrissait avec une grosse serviette sur la devanture pour pas s'exposer à tout le monde, on sait ben. Le dimanche, chacune dans sa chaise, le bébé au sein ... C'est pas souvent qu'on voit ça, mére et fille de même! ...

Ça fait que tout a finalement continué. J'avais donné le haut du bas-côté aux nouveaux mariés, ils ont agrandi la chambre du pignon en prenant l'aut', et on a mis les deux p'tites de la chambre du bas, au fond, dans la place laissée par Rita dans la chambre à Angèle. Ça faisait pas encore trop grand, mais on s'a tassés tant bien que mal. Si la pêche continuait donnante, j'avais l'idée de me bâtir à neuf, plus grand de carré, quatre chambres en haut, deusses en bas, un bas-côté avec deux chambres plus grandes en haut à lieur d'une et laisser le bas pour une cuisine plus privée à Rita, avec de la place d'armoire. Y'arait encore une p'tite chambre là, mais derriére, en long et pas large, pour être séparée en deux, les enfants grandissant et en besoin de plus de place pour vivre.

De fait, on est venus à ça une dizaine d'années après, Angèle mariée, une des jeunes, Rosalba, en fréquentation, et l'aut', Irène, chez les Sœurs à Sainte-Anne-des-Monts.

Mais pour tout de suite, on s'avait réaménagés et la vie filait. À propos du mariage d'Angèle, venu pas mal d'années plus tard, cinq si la ronge me trahit pas, faudrait que j'conte ça.

C'est pour dire qu'on a beau se crère né pour une sorte de pain, et pas avoir d'idée qu'on viendra au blanc du jour au lendemain, après le pain gris. Le Bon Yeu décide et le destin suit. Angèle, en grandissant, elle a pas été comme Rita, ni comme toutes les aut' venues après. À l'école, c'était une fille qui étudiait fort, et ben. Si j'arais eu de l'argent pour ça, j'l'arais placée au couvent des Sœurs, même jusqu'à Québec. La maîtresse me disait souvent que c'était pas une fille pour les p'tites écoles, et même pas une fille pour les p'tits couvents; que sa place, c'était dans les grands couvents de la ville, et on pouvait pas savoir jusqu'eyousque elle irait, tellement l'étude y'entrait dans la tête comme l'eau de ressac dans des fendues d'éccores.

Beau dommage, ni moi ni les voisins, on arait pu payer pour ça, mais on s'a mis à le regarder d'un aut' œil. Le jour qu'elle a entré des livres dans la maison, même si on a eu envie d'en parler au vicaire à savoir si c'était des mauvais livres, portant au péché, on s'a retenus. À la fin, c'est le vicaire lui-même, l'ayant su de j'sais pas qui, ni d'eyousque, qui est venu nous en parler. Il était passablement inquiet, mais quand il a vu les livres, que c'était du sérieux, propice au savoir plutôt qu'à la débauche, il a tout de suite déchanté, et en a jamais reparlé. Le curé non plus.

Paraît-il qu'Angèle avait des pareils accomodements de la femme du docteur, nouvellement arrivé, et qui avait marié, selon les on-dit, une diplômée de grand couvent de Montréal. Ça s'était conté que dans les effets du docteur, y'avait quatre grosses boîtes de livres. Le monde en avait parlé longtemps, c'était pas de coutume, transporter ça, à part les missels, l'almanach et des annales de la bonne sainte Anne.

Ben, c'est de ces boîtes-là que venaient les livres d'Angèle, et j'vous dis qu'elle en a passé des heures assise à la table, à lire à la lueur de la lampe jusqu'à des dix heures du soir que j'étais obligé de me fâcher dur pour qu'elle finisse par se coucher.

Le dimanche, si on était dans la balançoire, elle allait s'asseoir dans l'herbe au bord de la falaise, elle regardait la mer, elle lisait, elle rêvassait. J'avais peur que ça la porte aux mauvaises pensées, mais Geneviève m'a empêché de parler.

Elle m'a dit:

— Regarde Rita, elle lisait pas, elle allait pas s'asseoir à regarder la mer, ben ça l'a pas empêchée d'avoir de quoi se confesser ben jeune. Sais-tu ce qu'elle me disait l'autre jour? À l'âge de dix-onze ans, elle se faisait déjà des mauvais touchers, assise dans la balançoire, la main sour le tablier, ou dans sa chambre, quand Angèle dormait. Plusieurs fois par jour, paraît-il. T'as pas à craindre, que j'te dis.

On avait pas à craindre, certain. Il a pas été long, le mois de juillet qu'elle a eu dix-huit ans, qu'un des cousins du docteur, un étudiant en droit que son pére était un homme à l'aise de la Grande-Allée, à Québec, est venu en vacances par chez nous. Il a connu Angèle chez la femme de son cousin, ils ont marché le long de la mer, ces jeunes-là, que c'était pas creyable. Il est retourné par chez eux et il se passait pas de journée sans qu'il écrive une lettre à Angèle. Le printemps suivant, il est venu la demander en mariage, ça s'est fait venant septembre, et on a jamais su qu'Anglèle arait pu être malheureuse. Quand on l'a revue, et à chaque fois, elle avait le visage d'une fille qui a son plein content. Elle a eu trois enfants; paraît-il qu'elle reste dans une grande maison de riche dans la montagne de Montréal. Son mari est un gros avocat qui s'occupe de politique à plein. Moi, j'sus jamais allé chez eux. Ils sont venus me voir. Dernièrement encore, l'année passée, avec un aéroplane à lui, qu'il mène lui-même, son mari. Ils ont deux enfants de mariés... En par cas, c'est beau. Angèle a écrit des livres. De la poésie, comme ils appellent ça. J'en ai reçu d'elle, signés à mon nom, j'en ai lu un boutte, ça m'apparaît ben beau, mais j'comprends pas toute. Ce que j'comprends, j'dirais que ça parle de choses que j'ressens de la même maniére, et j'imagine qu'Angèle dit ça parce que c'est ma fille et qu'on est pareils.

7

Après ça, peti-petan, la vie s'a continué comme elle a
pu. Ni pareille, ni si tant différente qu'avant. Par ça,
j'veux dire l'escapade de Rita. J'remonte au vrai temps.
J'vous parlais d'Angèle, mais c'était d'ambitionner sus
ma narre. Pour revenir au temps de Rita, j'prétendrai que
j'étais un peu inquiet du sort de la pêche.

On s'avait jamais parlé franc, Florent pis moi, enterci
la nuit de la découverte et le mariage. On avait pêché à
ras de l'aut', mais en bon temps de morue, à peine loisir
de souffler et le sommeil dru, journée faite en mer, soirée
aux champs. Y'avait aussi la gêne, faut dire, à chacun la
sienne. Conséquence qu'on en était resté là de l'angoisse,
pour ainsi dire.

La noce passée, la pêche amoindrie, mais la vaillance
d'aller sortir jusqu'au dernier poisson pareille comme elle
avait toujours été, j'savais qu'on arait du ralenti, le
temps d'une pipe à l'envie, et pis le temps de parler. Surtout le soir, dans le balan de la barque sus la vague, assis

dans le gaillard, avant de s'étendre pour la nuit. Proche novembre, coulant sus décembre, on pêche de hardiesse, le vent nous gèle comme des jupons sus la corde à linge. Rendus au repos, le soir, on a pas trop de la truie rouge d'une flambée de bois sec pour repartir le sang dans les veines, pour rassouplir les joues halitrées, pour se sentir reprendre vie. C'est un bon temps pour parler. On dirait que ça fait communier le monde, que ça rapproche. Toujours ç'avait été de même, entre Florent et moi. Il nous avait toujours fallu une sorte de creux dans l'œuvre dure, l'accalmie des narfs, l'immobilité, pour se sentir proches. Comme des dimanches au soir, dans la balançoire, fin de moisson, tout à net pour ce qui en était de la terre, la pêche bonne par beau temps, on pouvait rester assis à se balancer des heures de temps, la pensoire à l'aise, le jugement radouci. Ces fois-là, sans bavasser comme des pies, sans se renfrogner non plus, on se disait l'idée librement. Proche onze heures, on s'allait coucher gros-jean, pas plus fiers, pis nos manquements expliqués, ou nos ambitions du lendemain dénombrées franchement et clairement.

Là, en mer, me semblait être comme dans la balançoire, mais pour une fois hormis le monde, prêt à vider le méchant d'homme à homme. C'était de se sentir ben, j'vous en passe un papier. Et pis Florent, ça se voyait, avait les mêmes sentiments. C'est lui qui a parlé le premier. Dans une grande baissiére de vent, quand la seule rumeur après le carnage de son de la mer escouée, c'était le craquement des membrures valsées dans la vague.

Il a pris une voix de mandement, pour marquer que c'était pas une badinerie. Et pis il a dit:

— Tu sais, Pierre, j'ai pas fait que ça tourne de même, le roule de vie. On commande pas ça, aimer. Rita qui se change en femme de jour en jour, moi qui avais gros d'affection pour elle déjà, et voir comme on se comprenait presquement sans parler, crérais-tu que j'arais renvoyé le poisson à l'eau, comme on dit?

— Non, mon Florent, j'le crérais pas.

— T'as les yeux fermés dur, tu les ouvres, l'image que tu vois te saisit, j'te dis, te saisit comme une apparition, non, Pierre, un homme affeublit du coup. Moi, j'ai pas pu m'en défendre.

Quoi dire, sinon la vérité?

— Florent, j'ai vu Geneviève une fois, ça été fini, jamais y'en arait eu d'aut'. C'était celle-là. Moi aussi, c'était une maniére d'ouvrir les yeux ... Raison de plus si Geneviève avait grandi à côté de moi. J'en serais venu dément à force d'attendre. Vois-tu, j'te comprends ...

— Tu m'en veux pas?

— Pensez-vous être heureux?

— Oui, à plein. On l'est déjà.

— Aras-tu l'idée de pêcher à ton compte un jour, sus ta barque?

— Non. Rita autant que moi, on est contents et on se contente. Tu vois ce que j'veux dire? Pêcher pour moi, ça prend de l'aide. Personne a la hardiesse de pêcher tout seul et tirer sa vie du poisson. Me faudrait un homme, et le partage, comme il t'en faut un, comme faut que tu partages. Rester de même, tout revient au même, pis on se morfond pas à demeure. C'est mon raisonnement.

— Il fait ben mon affaire.

Ça a fait que le moindre nuage était parti, une aut' fois on s'avait expliqué, le coup de chien sus son ralenti, et on pouvait dormir sans gigoter. Manquable que Florent, l'affaire faite, et même marié avec Rita, avait dû se démanger de savoir si j'préparais pas du remplacement pour le punir, soi-disant. On avait jamais lavé le linge de ce temps-là. De l'avoir faite nous a soulagés tous les deux. Pis, vous voyez, sans discours à s'essouffler; pis la mine tranquille. C'était de même qu'il fallait que ça soye, pas autrement.

On a fumé encore une bonne heure, sans presque parler. On s'a un peu inventé le projet du lendemain, d'ancrer plus vers l'aut' côte en face, et plus en dehors du chenal. Florent avait toujours pour son dire que le poisson, il aime les moindres fonds, il cherche plus le soleil, si on peut dire rapport à l'eau salée qui est pas si tant limpide, et que d'ancrer bas, les trolles pleine longueur, c'est pas dans le meilleur. On a donc décidé l'agissement du lendemain, et on a commencé à penser au sommeil. C'était le décours de la lune, le vent tombait, la vague baissait la tête et voulait dormir aussi; on s'a allés coucher.

Et le lendemain, par une des derniéres vraies belles journées presque tièdes de la saison, on a halé du poisson à s'user la viande sus le gras des mains. De ma vie de pêcheur, j'avais jamais autant vu de morue basculer dans la cale. C'était pas un apçon sus trois, ou quatre, c'était, foé d'chréquien, un sus un, pis de la morue longueur de bras et ventrue comme de la truie en maternité.

Y' a-t'y donc un homme qui se sentirait pas le goût de chanter comme un chantre de dimanche blanc, à l'église?

Pour raccourcir, j'dirais qu'à la fin, tout s'a arrangé, que tout a resté arrangé, et que personne doit penser que le premier drame en a entraîné d'aut' du même genre. Pour des années et des années, not' vie s'a vécue sans grand's anicroches.

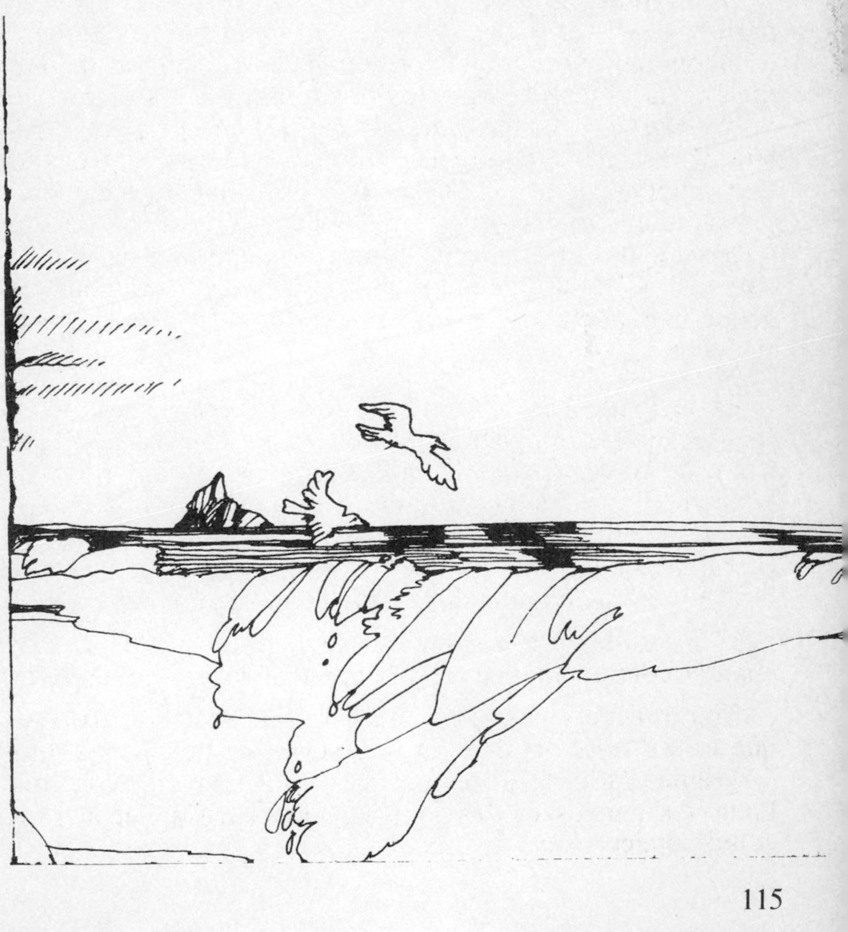

J'disais tout à l'heure que Geneviève avait acheté pas longtemps après Rita. C'était pas sa derniére fois, elle en a eu deux aut'. Sans compter les deux p'tits qui s'avaient noyés, mil neuf cent, on avait une famille de dix-neuf enfants, quatre de mariés, et on était, Geneviève et moi, grands-parents douze fois.

À y penser, j'avais fait un ben beau chemin, dur des fois, loin d'être facile jour après jour, mais j'me répète, peti-petan, on y était arrivé.

Mais avoir su eyousque c'est que ça pouvait mener ... C'est pour dire que si on connaissait l'avenir, souvent on lâcherait, ou ben on prendrait le roule aisé, vous savez, la côte moins raide, l'effort moins suant.

En par cas, j'm'ai engagé à narrer jusqu'au boutte, ayez pas crainte que l'émoi me ligote comme un prisonnier de police. J'vas tout révéler, même si icitte, dans le phare que j'garde aux battures du Havre-Saint-Pierre, rien que d'y penser ...

J'veux dire que j'sus venu dans des nouveaux parages parce que j'étais carrément démanché, j'dormais à peine, la sueur me gagnait à tout moment de me remémorer l'événement. Faut pas me blâmer d'avoir voulu débaucher une fois pour toutes, essayer d'oublier en changeant l'air et la face du pays. Même couché dans les ravalements, caché, enfui comme un malfaiteur, ça me restait ben en tête, j'sus parti d'épuisement. Me semblait qu'ailleurs, j'arais moins de rappel, moins d'agacement de la ronge, le pouvoir d'effacer, d'essayer de continuer en patience. La mort vient pas vite à un homme qui s'a secoué les muscles jour après jour. La santé est bonne, la vieillesse déraidie, le cœur alerte. Se faire mourir quant à soé, c'est un péché grave.

Un homme ambitionne la bonne mort; brûler en enfer,

c'est pas un avenir, donc il endure. Mais il a droit d'espérer une endurance qui dure, il a droit de chercher l'oubli, le soulagement, de prendre le bord s'il le faut et trouver du soulagement ailleurs, peut-être. C'est ce que j'ai fait, et comme j'l'ai dit au commencement, quand j'me mettais au récit, j'avais besoin de ma câlice de paix. Et c'était pas bagouler que de le dire. Prendre de la touée, j'comptais pas ça pocheton, mais seulement de pas vouloir être un pâtira jusqu'à la mort parce que moi, j'restais vivant et c'était pas ma faute. M'a dire comme ça se dit souvent, c'est pas les morts qui sont à plaindre, c'est les vivants, ceux qui restent derriére.

Moi, en par cas, j'restais derriére, c'était ça ma vraie misére. Et j'vous assure que, en comparant avec tous les cossins, tous les tours de crasse du sort, tous les caliberdas, j'avais mangé mon pain blanc à plein, et j'avais reçu le coup de la fin en pleine face.

Le crèriez-vous, mais ça été plus que vingt ans avant que j'me sente grandement par icitte, au Havre? J'vas au passé, j'ai pas de branlette dans la voix, mais ça fait pas si longtemps, j'en avais encore. La vieillesse, selon le dicton, ça ramollit le dur de la vie, ça résigne un homme, ça l'adoucit. J'me souviens, ça fait pas plus de dix ans, il m'arrivait de fesser sus la pierre des murs, icitte, à grands coups de poing, quand le souvenir me revenait trop cuisant. Mais l'un portant l'aut', j'ai ben fait de m'en venir dans les parages plutôt que de rester là-bas, les yeux pleins de tous les hiers. J'l'ai dit, j'sus venu icitte, j'ai mis pied, la barque a pourri sus le plain, jamais elle a repris l'eau. J'avais pas avancé pour reculer, j'avais quitté à demeure, c'était le seul moyen.

Espérez que j'allume, que j'me refasse assez de vouloir pour colletailler les chiméres, pis j'vas finir mon aventure. Vous en ferez ce que vous voudrez.

8

Voyez ça comme c'était: une vie, ma barque, une bonne grande maison maintenant, une battée de beaux enfants, p'tits et grands, mariés pas mariés, un bon homme de barque, Florent. J'vous dis: une vie.

Avoir ça rend un homme conséquent dans sa propre idée. Pour les aut' aussi. Sauf le courant, j'devais rien à personne. C'est à peine si j'devais un merci icitte où là, tellement que j'm'avais débrouillé à la force des bras et à l'allure de mes dix doigts. J'en étais là, donc, pis l'année mil neuf cent vingt-cinq est arrivée. L'hiver a été dur, le printemps a mis du temps à venir, et y'a fallu lâcher de pêcher au descendant des glaces pendant proche un mois, rapport à c'te saison chambardée, qui avançait et reculait comme un cheval qui arait été mené par un bégayeux. Mais l'année d'avant avait été bonne, la récolte avait nourri les animaux à plein, on avait trois cents poules et les œufs se vendaient ben, j'avais eu onze agneaux, quatre veaux et quarante-huit gorets, j'étais en avance.

Le chômage de la pêche, c'était surtout de me voir à rien faire.

J'vous réponds que venu le mois de juin, on a navigué l'eau libre d'une volée, et le poisson embarquait qu'on fournissait pas, Florent et moi. Pis du beau soleil, une justesse de pluie, de la terre donnante comme jamais, que c'en était miraculeux pour du sol gaspésien, l'automne de mil neuf cent vingt-cinq est venu en démontrant que ça serait du double au moins de l'année précédente. Ça réchauffe le cœur d'un homme. Avec novembre assez beau pour que ça se remette à germer dans les plates-bandes, vous me direz pas que j'avais du *De Profundis* dans l'âme! On a pêché assez tard qu'on en était a hacher de la glace de batture pour venir accoster. Et pis, finalement, on a monté la barge, et on s'a dit contents.

Deux bonnes années comme ça, ça incite à célébrer, et un matin, deux semaines avant Noël, j'ai dit à Geneviève:

— Ça serait une bonne idée qu'au Jour de l'an, on rapaille la famille en entier, qu'on fasse une veillée rare. En penses-tu du bien?

— J'en pense plus que du bien.

— Faudrait peut-être écrire, alerter tous les enfants. Tant qu'à y être, on pourrait inviter ta parenté de Gros-Morne, pis la mienne des alentours de Montréal et d'ailleurs. Réunir tout le monde. On pourrait dire qu'y' est temps.

— Ça serait pas des trop grosses dépenses, Pierre?

— T'as vu les années qu'on a faites?

— Oui, mais tout ce monde-là ...?

— Et pis ...?

— C'est des familles complètes, parents et enfants. On va être tassés, ça va boire et manger, c'est de la grosse dépense, que j'dis !

— Pour une fois, on serait pas à blâmer.

— Si tu penses que ça nous porterait pas à regretter, j'vas te dire franchement, Pierre, que j'aimerais ça gros. J'en serais ben aise.

On s'a mis sus les lettres. Florent qui avait une pas vilaine main d'écriture, Rita pour aider, Geneviève, ça s'a mis à écrire sus du papier ligné, une que vous connaissez pas, Véronique qui avait treize ans, à adresser les enveloppes, moi j'pliais les lettres, j'collais les rabats ... Y était cinq heures dans vingt quand on a eu fini, après avoir pris le temps de dîner. Le lendemain, j'irais tout porter au bureau de poste et ça partirait aux quatre coins. On avait des enfants au village, d'aut' à Cloridorme, ceux-là seraient avertis de face à face, mais les aut', fallait compter les inviter par la poste. On a compté vingt-neuf lettres. En pensant que chacune amènerait au moins un couple (sauf une ou deux) et les enfants de chaque couple, j'pouvais commencer à penser que la maison serait peut-être trop p'tite.

À rien faire de même, fallait s'occuper, en attendant les réponses qui viendraient, et j'étais trop excité pour me croiser les bras et fumer jour après jour. J'ai eu l'idée que Florent, moi et les p'tits gars, on devrait faire le grand ménage du hangar, de la cave et du grenier, ben replacer en ordre ce qu'on voulait garder, jeter ou brûler le reste. Geneviève aussi tenait pas en place, elle était trop contente de nous seconder, donnant son idée sus le tri à faire. J'en étais soulagé, de même j'me ferais pas accuser un de ces beaux jours d'avoir jeté du butin qu'elle voulait garder.

On s'a craché dans les mains, et pis j'vous dis qu'y en avait un charivari, un drégail à n'en plus finir. À partir du pignon du hangar, en passant par le grenier du bas-côté et celui de la maison, en finissant par la cave, on a trouvé deux ou trois trésors, comme mon gars de quinze ans disait, ou des surprises comme disait Geneviève, mais encore plus de vieilleries bonnes à jeter.

Quatre jours de temps, on a choisi morceau par morceau, et deux jours encore pour tout replacer, pour corder du bois dans le hangar, pour planter des clous d'accrochage et mettre le bon à garder en place. Monsieur, c'était pas drôle, le fourniment qu'on a manœuvré! Jamais j'arais cru empiler tant de cossins à la file des années!

La cave que j'avais faite en premier, avant le solage de roches qui a servi pour les deux maisons, on pouvait pas se dire à l'aise tant qu'on veut dedans. J'étais pas allé à six pieds juste, mais un peu plus que cinq pieds sept. On creusait à la cuiller large, tirée par un cheval. Aujourd'hui, avec les machines, c'est vite fait. Dans le temps, même avec un cheval vaillant pis tirant, au mieux, on se fatiguait à être rendu, la force ankylosée, les bras morts venu le soir. Dans une terre jaune, pas caillouteuse, ç'arait été à demi-mal. Dans not' terre gaspésienne, de la roche à faire des récoltes, une couche de sol sablonneuse, l'aut' couche de terre forte, demandez-en pas trop. Ben, pour tout dire, on a sorti du trou la roche qu'il fallait pour les solages, ben manque. Y'a suffi de deux aut' voyages de tombereau pour arriver ras la sole.

Dans une cave de même, grandeur de la maison, trente-huit par quarante-quatre, avec une porte dehors dans un trou à panneaux, l'escalier pierrotté, on en met, vu la facilité d'accès. Le hangar, c'était une aut' histoire. Je l'ai agrandi pas loin de quatre fois, me semble.

En hauteur, pis en largeur, avec une étable à toit en défaut. Rapport que c'était ça la jarnigoine de l'affaire. En le bâtissant en premier, j'avais surtout idée d'une place à serrer les affaires d'une saison à l'aut'. Mais j'm'avais greyé de cheval, de deux vaches, ensuite trois, pis de cochons, de moutons; on avait de l'outillage pour cultiver, fallait une écurie pour le cheval, une place à remiser les traîneaux et les voitures d'été, les agrès de pêche. J'pourrais en énumérer longtemps. Agrandir pour le cheval, pour les vaches, pour les cochons, hausser la couverture pour avoir un fanil, cocher le mur pour une grande auge à grain, allonger pour la remise, allonger encore pour entrer l'outillage, aménager un caveau à légumes, j'finirais pas. Pis c'est venu au besoin. J'étais pas téméraire. J'creyais pas me carrer trop en améliorant mon bâtiment. Si j'arais bâti des aménagements séparés à chaque caprice, avoir une étable, une écurie, une remise, tout ça séparé, voyez-vous l'attelée que ça serait devenu en hiver, pour garder les portes de tout ça claires de neige, pour entretenir des chemins de pied d'une dépendance à l'aut'? J'ai cru ben faire en agrandissant quand ça demandait, mais en gardant tout sour le même toit, à portée de se rendre, même dans le nordèt, ou dans le pire vent d'èsse.

On sait ben que d'avoir une cathédrale de bâtiment de même, deux étages à la longueur, large en masse, divisé partout pour accomoder toutes sortes de choses, là aussi, des cossins, y'en avait. Mais j'm'avais pris l'idée qu'on ferait le tri, on l'a fait. Geneviève avec les filles, dans la maison, s'était mise aux préparatifs de la fête. Des tourtiéres, des chaudronnées de ragoût de boulettes, de six-pâtes à même les lièvres qui pendaient gelés dans le fanil, la perdrix aussi, tout ça pour être gelé dans les marmites de fonte pour ensuite dégeler sus le poêle en temps et lieu. Pis ben d'aut' choses: des beignes, des croquecignoles, de la tarte au sucre, à la forlouche, des dompleines, des affaires pas possibles, de quoi nourrir une armée. À la fête, on allait pas manquer de grand-chose. J'me souvenais qu'étant p'tit, sus not' île, mon pére avait fêté de même, et moi j'avais les yeux grands de voir tant de manger sus les deux tables dans la grande cuisine. Ben, y'avait fallu pas mal d'années, mais on venait enfin à ça, et pour moi, c'était vraiment comme un souvenir d'enfant qui revivait. D'après Geneviève, pour elle aussi, c'était la même chose. Étant p'tite, ses parents recevaient gros aux Fêtes, mais ça s'était calmé et quand je l'avais mariée, les Fêtes étaient tranquilles. Autant que moi, elle avait plaisir à ramener des anciennes joies conservées dans la ronge, mais jamais ravivées pour toutes sortes de raisons.

En par cas, pour revenir au grand ménage des cossins, on s'a attelés là-dessus tout un chacun de la famille, les tâches divisées, l'ouvrage réglé par Florent et moi comme un vrai grand chanquier organisé. Pendant des jours et des jours, on a charrié, replacé, trié le bon du pas utile, empilé, rangé, accroché. J'étais allé chercher une provision de gros clous et des crochets, et quand on a eu fini, c'est pas disable ce qu'on se retrouvait !

On a trouvé, dans la cave, du bardas que j'arais jamais cru avoir gardé. Deux machines à coudre détraquées, pas réparables, des boîtes de toutes sortes de linge, de la vaisselle écorchée, quatre grosses boîtes pleines, des meubles dépeinturés au bois par l'usure, une poche de clous de défaisage, rouillés, pas redressis. J'pourrais faire une liste pour dix-quinze minutes de parlage. J'vas passer vite, pour en venir à ma narre.

C'était vraiment la plus grosse veillée de not' temps de mariage, Geneviève et moi, et à savoir comme se comportait le monde de par là depuis qu'on s'avait installés à l'Anse-au Griffon, peut-être la plus grosse veillée jamais vue dans le comté. Arsenault, le maréchal, m'a dit, après l'événement, que selon lui, depuis la confédération, il avait jamais eu connaissance d'une pareille branlée dans une seule maison privée. Daté de mil huit cent soixante-sept, quand on pense! C'est une bourrée d'années.

Pour que ça se dise de même, fallait que ça soye croquant en mautadit.

Et pour l'être, ça l'a été. Dans les dix jours avant Noël, on a commencé à voir le répons de tout ça. Y'avait pas de journée que le postillon lâchait pas deux ou trois lettres sus le gros pieu de coin de la clôture. On avait pas encore de boîtes à malle en tôle, comme y'en a aujourd'hui. En hiver, le postillon venait jusqu'à la porte. Son cheval était habitué d'attendre au bord du chemin double. En été, il se contentait de déposer les lettres sus le pieu. Mais selon le vent, c'était risqué que ça revole. J'm'avais patenté une boîte de bois avec le boutte à penture, une idée qui ressemblait aux boîtes d'aujourd'hui. J'avais colloué ça solide sus le pieu et à la fin, hiver comme été, on pouvait avoir la malle sans dérangement. Faut dire que deux lettres par mois, c'était à marquer en rouge; on était pas en besoin de trop de fanfreluches. Sauf les Fêtes dont j'vous parle. Là, personne pouvait se plaindre de ma boîte à l'abri du vent et de la pluie, ou la neige, proche Noël comme on était, pis les quantités de lettres qui me venaient. Si autrefois y'avait des cancanages et des ricanages au sujet de ma boîte cinq milles amont-aval, personne arait osé rire finalement voyant le fardeau du postillon, et ma commodité.

Donc, le répons était là, il était bon. Pas un dédit de nos enfants, sauf une. J'en avais pas fierté et ça m'a fait jongler. J'étais content qu'Angèle ait pu si ben trouver et faire un mariage conséquent, mais ça m'a démanché qu'elle puisse pas venir à la réunion de famille que j'organisais. On sait ben, par la suite, j'en ai remercié le Bon Yeu, mais ça, c'est une aut' histoire.

Sa lettre est arrivée trois jours avant Noël. Florent et moi, on avait fini par déménager une ancre de surplus que j'avais dans le hangar. Elle rouillait trop, on l'avait sablée, on l'avait mouillée d'huile à lampe, et on l'avait pendue à un soliveau sour la cuisine, dans la cave. Ça pesait proche trois cents livres, et on avait mis ça sus trois bons crochets. Une fois ben en place, les jeunes avaient fini de remplir ce côté-là de la cave. C'était surtout de quoi qui pouvait périr à l'humidité. Sus le bord de la mer de même, c'est un désastre, l'humidité. Y'est pas facile de s'en réchapper. Par miracle, rapport au bon égouttement dans le défaut de côte, et du fait que j'avais rempli le fond de la cave de sable de grève nettoyé et sassé, c'était sec là, à rien laisser moisir. Même le cavreau à légumes, faite pensé comme par des savants, il était loin de la sécheresse fraîche de ma cave. On a vraiment mis là ce qui pouvait se gâter ailleurs.

Donc, j'en viens à conter pour Angèle. Geneviève est venue me lire la lettre, on finissait de pendre l'ancre. Elle l'arait lue deux minutes avant, quand j'étais à l'effort, que j'arais lâché! J'avais compté sus elle, j'avais quésiment jonglé la fête comme une raison pour Angèle de pas pouvoir refuser. Mais dans sa lettre, elle disait que ses enfants avaient aut' chose d'organisé, qu'elle et son mari étaient pris dans des mondanités, qu'elle appelait ça, dans sa belle-famille, et pis ailleurs, comme chez les associés de son mari. Elle parlait même d'un juge, et pis d'un ministre dans le gouvernement... J'ai ben vu que not' veillée à nous aut' pesait pas gros, que ça pouvait pas inciter du monde de même à faire des centaines de milles, en hiver, pour venir. Même dans une carriole avec une cabane chauffée, ça voyage durement.

Elle est pas venue.

Pour le meilleur ou pour le pire. Aujourd'hui que j'me démanche à repenser à tout ça, j'vois ben que c'était pour le meilleur. D'une certaine façon. Parce que la voir une fois par deux — trois ans, cinq ans même, à peine connaître ses enfants, c'est équipollent au reste, j'penserais...

J'en étais un peu revenu quand le Jour de l'an s'a finalement montré. Quand le monde s'a mis à arriver à grande carriolées, la parenté de tous les est et de tous les ouest, ben, j'me cache pas que le rire m'a revenu dru. On peut pas se morfondre dans le deuil jusqu'au cou sans qu'y'ait de défunt? J'arais donné gros pour voir Angèle, mais j'pouvais pas laisser une pareille nuée cacher tout soleil, y'en perçait ben un peu sus les bords, surtout en voyant la battée de tous les enfants avec leurs p'tits, que ça criait, ça riait, ça chantait à couvrir le vent du large.

Ce monde-là, pis tous les aut' qui finissaient pas d'arriver, ç'a pu faire que sus le descendant du jour, quand les étoiles ont paru, la maison était pleine à déborder dans les chambres du haut, dans les deux étages du bas-côté, et me semble que s'il était arrivé une seule carriole de plus, arait fallu les corder comme du bois de poêle pour arriver à grouiller. Mais ça s'arrange, hein, ça se tasse, chacun trouve son coin, les plus jeunes dans les hauts, les aut' égrappés d'un bord et de l'autre, les femmes à l'aide de Geneviève, les hommes à se conter des prouesses ou des romances, les filles à marier en écheveau pour que les gars à marier voyent l'assortiment, les grands-péres attelés sus le nouveau tabac à essayer, les grands-méres à aviser les plus jeunes de recettes ou ben de ruses de maison ... Tout le monde, pour dire, ben engrené selon un chacun, et ça manquait pas de rires, d'histoires, de retrouvailles... Jamais j'm'étais senti aussi heureux. Vraiment, c'est pas rien, un homme qui voit toutes ses issues, les gens de son sang, l'arbre, qu'on dirait: l'arbre avec sa chousse, son mâtage, ses branches et ses branchailles. Il me semblait que ça devait être ça, le paradis.

J'fournissais pas à aller chercher du miquelon au hangar. J'en avais eu une dame-jeanne de cinq gallons, que Florent et moi, on avait embouteillée commode en vides de quat'épaules que Babin, le contrebandier, m'avait trouvés à Manche-d'Épée.

Vers les sept heures, on a rapaillé le monde pour manger aux grandes tables que j'avais faites avec des chevalets d'ouvrier et du madrier de pruche. La plus grande était dans la cuisine, qui donnait sus un salon double. Ça tenait au-delà de quarante-quatre personnes. Dans le bas-côté, joliment grand lui aussi depuis que j'l'avais rebâti, on en mettait trente-huit. Les enfants, les p'tits gardés en haut par les plus vieux, viendraient en relève dans le bas-côté, pendant que les femmes déferaient dans le haut-côté pour que ça puisse danser mangeaille finie. Parce qu'on a dansé. On a mangé que Geneviève a vu l'heure de pas en avoir assez, on a bu que les quat'épaules semblaient avoir un trou dans le fond, pis on a chanté aussi. Y'avait de la belle voix à la brassée, et ça été rare, ceux qui ont pas poussé l'air. Après le miquelon, la gêne fond, ça priait pas longtemps que le plus gauche se lançait. Y'en a passé des chansons que j'en revenais pas de savoir qu'y pouvait tant y en avoir de composées depuis le temps. C'était pas comme aujourd'hui, dans ce temps-là. La musique était rare, hormis le vent, la pluie, la vague, les oiseaux de printemps, et comme m'avait dit Geneviève une fois qu'elle se sentait toute ramollie : les mots d'amour.

— Les mots d'amour, Pierre, un homme devrait en dire souvent, surtout à lieur de sacres ou de disputes. Pouvoir faire vraiment assavoir à un homme comment une femme a besoin de c'te musique ! Ça vaut tous les violons, tous les harmoniums, pis tous les rossignols.

Aujourd'hui, j'pense souvent que j'm'en suis ben trop souvent remis au vent et aux oiseaux. J'ai vraiment pas assez parlé d'amour. Et j'en arais tellement à dire, j'crèrais, si le chemin était à refaire. Mais on sait ben que ça peut pas arriver. Espérons qu'au ciel, un homme a le droit de se reprendre : c'est peut-être ça, le ciel.

En par cas, ça chantait le soir de la veillée. Bonne mére, que ça chantait ! J'me demandais ce qui resterait de souffle pour danser, le moment venu.

J'avais pas à m'inquiéter. Quand le violon a entonné, et la mandoline du vicaire, personne a collé au mur. La danse a pris, comme la chanson, comme la mangeaille. Le monde était safre à tout vouloir à plein. Ça s'amusait comme j'avais pas imaginé que le monde venait à s'amuser. Pis pas de jalouserie, pas de gros mots, personne s'entre-mangeait ; de la bonne entente rare.

Quand les fréres à Geneviève se sont mis à giguer, là, vraiment, c'était le boutte. Des hommes de corporence comme on en voit pas beaucoup, mais ça giguait que ça portait pas à terre. On arait dit des oiseaux qui volaient. Le monde applaudissait, riait, la fête était à son meilleur. Il me semblait que si jamais ça arrêtait, qu'on se retrouvait, Geneviève et moi, dans la maison ordinaire, celle de tous les jours, que ça serait ennuyant à pas l'imaginer.

C'est ben pour dire ce qui peut nous passer par la tête...

J'sus allé au hangar chercher d'aut' miquelon, les frères de ma femme giguaient encore. J'sus resté un peu dans la porte à les regarder. Fallait voir ça, c'était pas creyable. Gros, j'le disais, pis grands à toucher presquement les soliveaux du plancher d'haut. La maison grouillait quésiment sus les solages. Pis la musique lâchait pas, le violoneux suait que l'eau pissait sus son violon. Le vicaire, quand est de lui, était rouge comme de la forçure. Il avait pas méprisé le miquelon, et à boire tout ça, à gratter sa musique comme un forcené en accordant du talon, j'le pensais prêt à éclater comme une vessie de cochon soufflée à la pompe à bicycle.

J'sus sorti, mais sans me dépêcher. L'air me faisait du bien. C'était un soir de rare janvier. Limpide comme de l'eau de crique, les étoiles comme sus une grande camelotine à paillettes.

J'ai marché tranquillement jusqu'au hangar, un panier à la main. J'sus rentré, j'ai mis deux quat'épaules dans le panier, et j'allais sortir pour retourner à la maison quand y'est venu la plus grosse explosion que j'ai jamais entendue. Pire que n'importe quel coup de tonnerre. J'ai pu voir, par la porte ouverte, la maison qui levait dans les airs, comme une grande boule de feu, et le hangar s'a mis à se défaire aussi, autour de moi. Là, plus rien, j'ai perdu conscience.

Quand j'ai rouvert les yeux, il semblait y avoir une grande lueur de feu, mais c'était presque silencieux, sauf le pétillement de la flamme, et y'avait des gens qui déplaçaient des poutres, qui essayaient de me sortir, mais personne parlait. Après, j'ai su que c'étaient les voisins, courus voir ce qui venait de se passer.

L'histoire, c'est finalement moi qui a su la comprendre. Personne semblait deviner ce qui avait pu se produire. Mais y'a fallu plusieurs jours pour que les esprits me reviennent. J'avais été transporté dans le sous-bassement de l'église, au village, comme les aut' blessés, à mesure qu'ils avaient pu être sortis des ruines. Pas beaucoup de blessés. Trois jeunes gens, un des fréres de ma femme, de ceux qui dansaient, une sœur de Geneviève, un de mes fréres, mais les blessures étaient trop graves, ils sont tous morts. De fait, hormis moi, dans le hangar, tout le monde de la fête mort. Les enfants de tout âge, Geneviève, Rita, Florent ...

Les survivants : moi, par chez nous ; Angèle, à Montréal. Ce qui en était de la famille Huneau : c'est pas grand monde.

Dans une seule minute, j'restais tout seul. Femme, enfants, maison. Même le hangar avait brûlé. La maison, quant à elle, elle a brûlé comme elle explosait. Manquable, y'avait des survivants, mais ils ont été rachevés par le feu. Paraît-il que ça flambait comme du bois d'allumage.

Plus rien.

J'ai mis longtemps à deviner ce qui était arrivé. Florent avait fait placer deux caisses de dynamite dans la cave, au sec. Pis une boîte de détonateurs. C'était la dynamite pour ouvrir un chenal dans la glace jusqu'au quai, aux gels d'automne, et pour aider le dégel de printemps. Longtemps, j'avais fait ça au sciotte, mais à mesure que mes affaires allaient mieux, j'achetais de la dynamite pour me ménager les forces. En dansant à pleines enjambées dans la maison, l'ancre a dû se détacher, tomber sus les détonateurs et les quarante-huit bâtons de dynamite ont sauté. C'est pour ça que j'disais au commencement du récit que Florent était indirectement en cause. Il avait fait pour ben faire, mais ...

J'vois ça comme explication. Y'en a vraiment pas d'autre.

Le curé m'a dit, lui, que c'était peut-être sans besoin de dynamite que c'était arrivé. Il me tenait le bras en parlant :

— Pierre, c'est pas pour rien que j'défends la danse. C'est d'attirer le Démon. Y'en a ben des comme toi, qui font à leur tête. Mais, tu vois, le malheur arrive. C'est la punition du Bon Dieu pour m'avoir désobéi. Il va falloir que tu demandes pardon à deux genoux.

J'demande pardon depuis ce temps-là, à deux genoux. oui, en pleurant le plus souvent, et me semble que le Bon Yeu est trop bon pour pas m'entendre. J'vas aller au ciel retrouver Geneviève. Ça serait trop bête d'être autrement.

V'là mon histoire, telle qu'elle est, telle qu'elle a été. Fallait que j'la conte avant de mourir, même si j'ai honte.

Ça aussi, c'est pour expier.

Là, j'pense que j'ai pas mal narré l'important de mon temps de Gaspésie. De mon temps de Geneviève. À moins de revenir en arrière plus complètement, de répéter ce qui a été dit, ce qui a été répond, dans le détail et selon l'événement, vous conter le court et le long de la vie de chacun des enfants avant la tragédie, les montrer en croissance, les dépeindre un par un : mais ça, me semble que j'ai pas le temps de le faire. Me semble que ça serait trop en dire, aussi. J'avais dessein